MOGENS
JENS PETER JACOBSEN

Coleção
Norte-Sul

ABOIO

MOGENS
JENS PETER JACOBSEN

Tradução
Guilherme da Silva Braga

MOGENS

Era verão, em pleno dia, num canto da cerca. Perto havia um antigo carvalho, e a respeito do tronco poder-se-ia dizer que se torcia em desespero ante a falta de harmonia entre as folhas novas e amareladas e os galhos pretos, tortos e grossos, que acima de tudo se pareciam com o rascunho grosseiro de antigos arabescos góticos. Atrás do carvalho havia arbustos de aveleira com folhas escuras e opacas, e uma folhagem tão densa que não se lhe viam nem os troncos nem os galhos. Acima dos arbustos de aveleira erguiam-se dois bordos alegres de folhas delicadamente recortadas, hastes vermelhas e cachos pendentes de frutos ainda verdes. Atrás dos bordos começava a floresta – uma encosta verde e arredondada, de onde pássaros entravam e saíam como fadas de uma colina exuberante.

Tudo isso era visível a partir da estrada de terra no exterior da cerca. Quem se pusesse à sombra do carvalho, no entanto, de costas para o tronco, e olhasse para o lado oposto – como uma pessoa naquele instante fazia –, veria primeiro as próprias pernas, depois um pequeno trecho com grama curta e viçosa, a seguir um emaranhado de urtigas escuras, depois a sebe de espinheiro-branco com as grandes flores brancas da bela-da-manhã, a escada junto à cerca, uma parte da lavoura de centeio mais além, o mastro da bandeira do magistrado ao longe na colina e por fim o céu.

Fazia um calor sufocante, o ar tremulava e tudo ao redor guardava silêncio; as folhas dormitavam nas árvores, e nada se mexia além das joaninhas nas urtigas e das folhas murchas que se espalhavam pela grama e enrolavam-se com movimentos pequenos e repentinos, como que se encolhessem ante os raios do sol.

E além disso havia o homem sob a copa do carvalho, que bocejava deitado enquanto, melancólico e indefeso, olhava em direção ao céu. Ele cantarolou um pouco, mas logo desistiu; assoviou um pouco, mas também logo desistiu; virou-se mais uma vez e deixou que os olhos se fixassem num velho monte de toupeira, que havia ganhado uma coloração cinza-clara em razão da seca. De repente surgiu uma mancha escura na terra cinza-clara, e a seguir mais uma, três, quatro, muitas – e ainda outras, até que todo o monte acabasse cinza-escuro. O ar estava virado em listras longas e escuras, as folhas acenavam e balançavam e um murmúrio soprou rumo ao Sul; a chuva pôs-se a cair.

Tudo cintilava, luzia e chapinhava. Troncos, galhos, folhas, tudo brilhava de umidade; cada pequena gota que caía na terra, na grama, na escada junto à cerca, no que quer que fosse, dividia-se e espalhava-se em mil pérolas delicadas. Pequenas gotas dependuravam-se ao longe e transformavam-se em gotas maiores, pingavam aqui, reuniam-se a outras gotas, tornavam-se pequenos regatos, corriam para longe em diminutos sulcos, caíam em grandes buracos e saíam de outros, pequenos, zarpavam levando consigo terra, lascas de madeira e pedaços de folhas, colocavam-nas no chão, faziam-nas flutuar, giravam-nas e tornavam a abandoná-las mais uma vez no chão. Folhas que não estavam mais juntas desde que haviam brotado foram reunidas pela água; o musgo, que fora reduzido a nada em razão da seca, reavivou-se e tornou-se macio, crespo e úmido; e as folhas cinzentas, quase transformadas em *snus*, abriram-se com a exuberância do brocado e o brilho da seda. As belas-da-manhã encheram-se até a borda, brindaram umas com as outras e derramaram água na cabeça das urtigas. As gordas lesmas pretas da floresta rastejaram de bom grado e lançaram olhares de reconhecimento em direção ao céu. E o homem? O homem tinha a cabeça a descoberto, no meio da chuva, e deixava que as gotas lhe escorressem pelo cabelo e pelas sobrancelhas, pelos olhos, pelo nariz e pela boca; estalava os dedos para a chuva; de vez em quando erguia as pernas, como se pretendesse dançar; por vezes balançava a cabeça quando a água se acumulava em demasia nos cabelos; e cantava a plenos pulmões, sem nem ao menos saber o que cantava, tamanho era o encanto com a chuva:

> *Havde jeg, o havde jeg en Dattersøn, o ja!*
> *Og en Kiste med mange, mange Penge,*
> *Saa havde jeg vel ogsaa havt en Datter, o ja!*
> *Og Huus og Hjem og Marker og Enge.*
>
> *Havde jeg, o havde jeg en Datterlil, o ja!*
> *Og Huus og Hjem og Marker og Enge,*
> *Saa havde jeg vel ogsaa havt en Kjærrest, o ja!*
> *Med Kister med mange, mange Penge.*
>
> [Se eu tivesse, ah, se eu tivesse um neto, ah sim,
> e um grande baú cheio de dinheiro,
> então eu também teria uma filha, ah sim,
> e uma casa com pátio e terreiro.
>
> Se eu tivesse, ah, se eu tivesse uma filha, ah sim,
> e uma casa com pátio e terreiro,
> Então eu também teria uma noiva, ah sim,
> com enormes baús de dinheiro.]

Naquele momento o homem estava lá, cantando, porém entre os arbustos escuros das aveleiras surgiu a cabecinha de uma menina. A ponta de um longo xale de seda vermelho havia se prendido a um galho que se estendia para além dos outros, e de vez em quando uma mão surgia e tentava puxar aquela ponta, sem no entanto obter nenhum resultado a não ser um rápido chuvisco que caía do galho e de seus vizinhos. O restante do xale estava firmemente estendido sobre a cabecinha da menina, a esconder-lhe metade da testa e a ensombrecer-lhe os olhos, e de repente escorregou e perdeu-se em meio às folhas, porém logo reapareceu como uma grande roseta sob o queixo dela. O rostinho da menina tinha uma expressão de surpresa, mas parecia estar prestes a rir; o riso já estava nos olhos. E de um momento para o outro o homem que estava na chuva avançou dois passos para o lado, viu a ponta vermelha, os grandes olhos castanhos, a boquinha surpresa e aberta; e no mesmo instante assumiu uma postura constrangida ao olhar surpreso para si mesmo; porém ao mesmo tempo um gritinho soou, o galho protuberante sacudiu com um movimento brusco, a ponta vermelha desapareceu num piscar de olhos, o rosto da menina sumiu e logo um farfalhar cada vez mais distante fez-se ouvir por trás dos arbustos de aveleira. Então ele pôs-se a correr. Não sabia por quê, não pensou em nada; o júbilo causado pela chuva mais uma vez tomou conta dele, e ele pôs-se a correr atrás daquele rostinho de menina. Não lhe ocorreu que estava a correr atrás de uma pessoa: ele corria somente atrás de um rostinho de menina. Ele correu, o farfalhar soou à direita, soou à esquerda, à frente, atrás, ele farfalhou, ela farfalhou, e todo esses sons e a própria corrida insuflaram-lhe o talante, e ele gritou: "Diga 'cuco' onde você estiver!". Ninguém disse nada. Ao ouvir o próprio grito o homem ficou um pouco sem jeito, mas continuou a correr; e então surgiu-lhe um pensamento, um único pensamento, e ele balbuciou enquanto corria: "O que você vai dizer para ela? O que você vai dizer para ela?". Ele se aproximou de um grande arbusto; lá ela havia se escondido, pois ele vira um pedaço do vestido. "O que você vai dizer para ela? O que você vai dizer para ela?", ele tornou a balbuciar, ainda enquanto corria. Ele se aproximou do arbusto, fez uma curva repentina e seguiu correndo enquanto balbuciava as mesmas palavras, chegou a uma estrada larga, correu mais um bocado, parou de repente e desatou a rir, andou mais um pouco em silêncio com um sorriso no rosto e então tornou a rir com todas as forças; e assim fez ao longo de toda a extensão da cerca.

***

Era um belo dia de outono, as folhas caíam por toda parte e a estrada que levava ao lago estava coberta pelas folhas amarelas de olmos e bordos; aqui e acolá também havia folhas mais escuras.

Era agradável e tranquilo andar por aquele tapete de pele de tigre e ver as folhas caírem aos poucos, como a neve: as bétulas pareciam mais belas com os galhos expostos, e a tramazeira mostrava-se imponente com os cachos pesados de frutos vermelhos. E o céu estava muito, muito azul, e a floresta parecia ainda maior, porque era possível ver por entre os troncos. Ademais, logo tudo aquilo – a floresta, o céu, a terra, o ar livre, tudo – daria vez à época das lamparinas, dos tapetes e dos jacintos. E por esse motivo o magistrado de Cabo Trafalgar e a filha caminhavam em direção ao lago, enquanto a carruagem aguardava-os em frente à casa do delegado.

O magistrado era um amigo da natureza; a natureza era muito especial; a natureza era um dos mais belos adornos da existência. O magistrado protegia a natureza, e a protegia contra tudo aquilo que era artificial; para ele, jardins não eram mais do que natureza destruída, e jardins com estilo eram a natureza levada à insanidade; não havia estilo na natureza, porque a sabedoria de Deus havia feito da natureza uma coisa natural – nada além de natural. A natureza era indômita, intocada; mas com o pecado original a civilização havia chegado para os homens; e naquele momento a civilização havia se tornado uma necessidade, porém seria melhor se não fosse assim: o estado natural era totalmente distinto, totalmente distinto. O magistrado não teria nada contra a necessidade de vestir uma pele de cordeiro e ter de atirar em lebres e galinholas e batuíras e lagópodes e veados e javalis para obter alimento. Não: pois o estado natural era uma pérola, literalmente uma pérola.

O magistrado e a filha seguiram em direção ao lago. As águas já haviam tremeluzido por entre os galhos, mas revelaram-se por completo naquele instante, quando os dois fizeram uma curva no ponto onde se ergue o grande choupo. Lá estava ele, com grandes extensões de água espelhada e línguas cinzentas e irregulares em movimento, com faixas lisas e faixas agitadas, enquanto a luz do sol repousava no liso e cintilava no agito. O lago atraía o olhar, conduzia-o pelas margens a curvas suaves e linhas interrompidas, levava-o a fazer uma volta no promontório verdejante e por fim soltava o olhar, para então perder-se em grandes baías, levando consigo os pensamentos. Um veleiro! Será que havia veleiros para alugar?

Não, não havia, disse um pequeno sujeito que morava em uma casa branca e atirava pedrinhas na água. Então não havia barcos? Ora, claro que havia; o moleiro tinha um barco, mas não estava à disposição; o moleiro não queria saber de nada disso, e Niels, o filho do moleiro, quase havia levado uma surra na última vez que o havia pegado, de maneira que aquilo estava fora de cogitação; mas havia o senhor que morava na casa de Nikolai, o guarda-florestal. Ele tinha um barco excelente, preto em cima e vermelho embaixo, e dispunha-se a emprestá-lo para toda a gente.

O magistrado e a filha foram à casa do guarda-florestal Nikolai. Ainda longe encontraram uma menina que morava na casa de Nikolai e pediram que corresse de volta à casa e perguntasse se o senhor da casa estaria disposto a recebê-los. A menina correu como se fosse caso de vida ou morte, usando os braços e as pernas, e por fim chegou à porta, colocou um dos pés no patamar elevado para ajeitar a liga e a seguir entrou correndo; voltou logo em seguida com duas portas abertas às costas e gritou, antes mesmo que estivesse de volta ao patamar, que o senhor da casa haveria de recebê-los muito em breve, e por fim sentou-se ao lado da porta, apoiada contra a parede, e pôs-se a olhar para os recém-chegados.

O senhor da casa apareceu e revelou ser um homem alto e forte de vinte e dois anos. A filha do magistrado assustou-se, pois nele reconheceu o homem que havia cantado em meio à chuva. Mas o homem tinha uma aparência muito estranha e distante; dava a impressão de ter deixado para trás um livro, pois era essa a impressão causada pelos olhos, pelos cabelos e pelas mãos: a de que não sabiam onde estavam.

A filha do magistrado fez uma mesura tímida e exclamou, "Cuco", e a seguir deu uma risada.

"Cuco?", perguntou o magistrado.

Era aquele rosto de menina; o sujeito enrubesceu e tentou falar, porém logo o magistrado fez uma pergunta sobre o barco. Claro, o barco estava à disposição. Mas quem haveria de remar? Ele próprio, respondeu a senhorita, pouco se importando com o que o pai diria; para ela era indiferente causar inconveniência ao senhor da casa, porque ele mesmo não se importava em causar inconveniência a outras pessoas. Depois todos foram até o barco enquanto as explicações necessárias eram dadas pelo caminho. Os três já estavam no barco, afastados da margem, quando a senhorita enfim se acomodou e encontrou uma oportunidade para falar.

"Bem", disse ela, "com certeza o senhor estava lendo um livro muito erudito quando eu cheguei e aos crocitos fiz um convite para velejar?"

"Remar, a senhorita quer dizer. Erudito! Era a 'História do cavaleiro Peder com a chave de prata e a bela Magelone'."

"Escrito por quem?"

"Por ninguém; esse tipo de livro nunca é escrito por ninguém. 'Vigoleis e a roda de ouro' também não foi escrito por ninguém, e o mesmo se dá com 'Bryde, o caçador'."

"Eu nunca ouvi esses nomes antes."

"Por favor chegue um pouco mais para o lado, senão o barco aderna. Ah, não! Faz sentido, porque esses não são livros sofisticados, apenas livros vendidos nas feiras por senhorinhas."

"Que estranho; o senhor tem por hábito ler esses livros?"

"Por hábito? Eu não leio muitos livros, e os que mais gosto são aqueles que contêm índios."

"Mas e quanto à poesia? Oehlenschläger, Schiller e os outros?"

"Bem, eu os conheço; tínhamos um armário inteiro desses livros em casa, e a srta. Holm – a dama de companhia da minha mãe – lia-os para nós ao fim do desjejum e também à tarde; mas não posso dizer que eu gostasse deles – porque não suporto versos."

"Não suporta versos! – E o senhor disse 'tínhamos'; a sua mãe já não é viva?"

"Não, e meu pai tampouco."

Essa frase foi proferida em um tom sóbrio e comedido, e a conversa cessou por um tempo, de maneira que todos os rumores causados pelos movimentos do barco sobre a água podiam ser claramente ouvidos. A senhorita quebrou o silêncio:

"O senhor gosta de pinturas?"

"Pinturas de altar? Ah, não sei."

"É, ou ainda outros quadros. Paisagens, por exemplo?"

"Também pintam essas coisas? Ora, claro que pintam, eu sei muito bem."

"O senhor está querendo me fazer de boba?"

"Eu? Bem, sem dúvida um de nós está querendo fazer isso."

"Então o senhor não é um estudante?"

"Estudante! Como eu seria um estudante? Não, eu não sou nada."

"Bem, uma coisa ou outra o senhor tem de ser. Afinal, o senhor deve fazer uma coisa ou outra."

"Por quê?"

"Ora, porque – porque todo mundo faz."

"A senhorita faz uma coisa ou outra?"

"Ah! Mas o senhor não é uma dama."

"Não, Deus me guarde!"

"Obrigada!"

Ele parou de remar, ergueu os braços, olhou-a bem nos olhos e disse:

"O que a senhorita quer dizer com isso? Por favor, não fique brava comigo; eu sou um sujeito meio esquisito. A senhorita não entenderia. Deve imaginar agora que, uma vez que uso roupas sofisticadas, eu seja também um homem sofisticado. O meu pai era um homem sofisticado, e disseram-me que sabia de muitas coisas – e devia mesmo saber, porque foi juiz do condado. Eu não sei de nada, porque fazia tudo com a minha mãe, e assim não me preocupei em aprender as coisas que se aprendem na escola, e mesmo hoje não as sei. Ah, eu gostaria que a senhorita tivesse visto a minha mãe; era uma mulher muito, muito pequena, e aos treze anos eu já conseguia levá-la no colo até o jardim. Ela era muito leve; nos últimos anos, com frequência estava nos meus braços para uma volta no jardim ou no parque. Posso vê-la com as roupas escuras e os rendados largos..."

Ele pegou os remos e pôs-se a remar com vontade. O magistrado preocupou-se ao ver a água tão alta na popa, e sugeriu que voltassem à terra; e assim o barco foi posto a caminho.

"Diga-me", perguntou a senhorita quando o ritmo das remadas diminuiu um pouco, "o senhor vai com frequência à cidade?"

"Nunca estive lá."

"Nunca esteve lá! E no entanto o senhor mora a apenas trinta quilômetros de distância."

"Eu nem sempre moro aqui. Moro em todos os lugares possíveis desde que a minha mãe faleceu, mas no próximo inverno vou à cidade aprender a medir e calcular."

"Matemática?"

"Não, marcenaria", ele disse aos risos. "Ouça bem o que eu vou dizer: quando eu for maior de idade, pretendo comprar uma chalupa e velejar até a Noruega, e nessa hora vou ter de saber fazer cálculos para a alfândega e o desembaraço aduaneiro."

"O senhor realmente tem vontade de fazer isso?"

"Ah, o mar é magnífico, velejar é uma vida e tanto – mas agora chegamos ao trapiche."

Mogens atracou o barco; o magistrado e a filha desceram a terra depois de fazê-lo prometer que os visitaria em Cabo Trafalgar. Depois pai e filha seguiram em direção à casa do delegado, mas ele continuou a navegar pelas águas do lago. Na altura do choupo ainda era possível ouvir as remadas.

***

"Kamilla!", disse o magistrado, que havia saído para fechar a porta externa. "Diga-me", ele perguntou enquanto apagava a lanterna com a ponta da chave, "aquela rosa na casa dos Karlsen era Pompadour ou Maintenon?"

"Cendrillon", respondeu a filha.

"Você tem razão, era esse mesmo o nome – mas enfim – precisamos descansar; boa noite, filha; boa noite e durma bem."

Quando chegou ao quarto, Kamilla abriu a persiana, apoiou a testa contra o vidro frio e cantarolou a música de Elisabeth em *Elverhøi*. Com o pôr do sol o ar tornou-se um pouco mais fresco, e pequenas nuvens brancas e esparsas, iluminadas pela lua, vieram em direção a Kamilla. Ela passou um longo tempo a observá-las, acompanhando-as de longe e cantarolando mais alto à medida que se aproximavam, calando-se por uns instantes quando sumiam e a seguir buscando outras para segui-las dessa mesma forma. De repente Kamilla tornou a baixar a persiana com um suspiro. Ela foi ao toucador e apoiou os cotovelos sobre a superfície do móvel, pousou a cabeça nas mãos e olhou para a própria imagem no espelho, sem no entanto vê-la de fato.

Pensou em um rapaz alto que levava nos braços uma senhora pequena e doente trajada com vestes pretas; pensou em um rapaz alto que conduzia uma pequena embarcação por entre rochedos e escolhos em meio à fúria da tempestade. Ouviu uma conversa inteira outra vez. E corou: Eugen Karlsen diria que você estava a cortejá-lo! Após uma breve associação ciumenta de ideias, Kamilla prosseguiu: Klara jamais teria corrido pela floresta durante a chuva com um rapaz a persegui-la, jamais teria convidado um estranho – convidado abertamente um estranho! – para velejar consigo. "Uma dama até a ponta dos dedos", Karlsen havia dito a respeito de Klara – e essa era uma repriменda a você, Kamilla, uma camponesa. A seguir ela despiu-se com uma lentidão afetada, deitou-se, pegou um livro elegante da *etagère* ao lado da cama, abriu-o na primeira página, leu um poema breve com uma expressão cansada e amarga, deixou o livro cair ao chão e desatou a chorar; depois tornou a pegar o livro com um gesto resignado, colocou-o de volta ao lugar e apagou a luz; e continuou na cama, olhando desconsoladamente para a persiana enluarada, e por fim adormeceu.

Não muitos dias mais tarde o "homem da chuva" pôs-se a caminho de Cabo Trafalgar. Ele encontrou um camponês que transportava palha de centeio e pôde seguir com esse homem. Em seguida deitou-se na palha e pôs-se a olhar para o céu límpido. Durante os primeiros cinco quilômetros de estrada ele deixou os pensamentos correrem soltos, embora não fossem pensamentos muito diferentes uns dos outros; quase todos indagavam como era possível haver uma pessoa tão linda, ou então se admiravam com o fato de que recordar os traços, as expressões e alterações de cor daquele rosto, os pequenos movimentos da cabeça e das mãos, ou ainda as diferentes inflexões da voz, fosse uma atividade capaz de ocupar dias inteiros. Porém logo o camponês apontou o chicote em direção a um telhado de ardósia cerca de quatrocentos metros adiante e disse que aquela era a casa do magistrado, e assim o bom Mogens levantou-se da palha e olhou angustiado para o telhado com um estranho sentimento de inquietude e tentou imaginar que não havia ninguém em casa, porém foi logo violentamente empurrado em direção à ideia de que havia uma grande festa por lá e não conseguiu pensar em outra coisa, por mais que tentasse contar as vacas que havia no pasto e quantos montes de cascalho havia à beira da estrada. Por fim o camponês parou no ponto em que uma pequena estrada descia rumo à propriedade, e Mogens apeou-se e pôs-se a limpar os fios de palha enquanto a carroça voltava a ranger vagarosamente pela estrada de terra. Ele se aproximou do portão do jardim pé ante pé, viu um xale vermelho desaparecer por trás das janelas, um pequeno cesto de costura abandonado na varanda e uma cadeira de balanço vazia ainda em movimento. Ele entrou no jardim, sempre com o olhar fixo na varanda, ouviu o magistrado dar-lhe um bom-dia, virou a cabeça em direção ao som e viu-o de pé, fazendo um cumprimento de cabeça enquanto tinha as mãos ocupadas com vasos de planta vazios. Então os dois conversaram um pouco, e logo o magistrado começou a dizer que de certa forma seria correto afirmar que as antigas distinções entre diferentes tipos de árvore tinham sido eliminadas por meio do enxerto, mas que assim mesmo se opunha ao emprego dessa técnica. Logo Kamilla se aproximou devagar, envolta num xale azul muito chamativo. Ela tinha os braços enrolados no xale e cumprimentou Mogens com um pequeno movimento de cabeça e um desejo apagado de boas-vindas. O magistrado afastou-se com os vasos de planta; Kamilla ficou olhando por cima do ombro em direção à varanda enquanto Mogens a observava. Como ele tinha passado desde aquele outro dia? Ah, ele não tinha do que se queixar. Remou muito? Ah, ele tinha remado como de costume, talvez nem tanto. Kamilla virou o rosto em direção a Mogens, encarou-o friamente, virou a cabeça levemente de lado e perguntou com os olhos semicerrados e um sorriso brando se a bela Magelone o havia enfeitiçado. Ele não soube ao que ela se referia, mas respondeu que era possível. E assim os dois passaram um tempo juntos, sem dizer nada. Kamilla avançou dois passos em direção a um canto onde havia um banco e uma cadeira de jardim, sentou-se no banco e, já sentada, olhando para a cadeira, convidou Mogens a se acomodar, pois devia estar cansado após a longa viagem. Mogens sentou-se na cadeira.

Por acaso ele achava que a aliança planejada daria em alguma coisa? Ou será que era indiferente a esse assunto? Naturalmente ele não devia se importar com a casa real? Com certeza detestava a aristocracia? Restavam poucos rapazes que não acreditassem que a democracia era... sabe Deus o quê. Ele devia ser um desses que não atribuía nenhum tipo de significado político às alianças da família real, não? Mas esse talvez fosse um equívoco. Afinal, já fora possível ver que... Ela se interrompeu de repente, surpresa ao notar que Mogens, a princípio um pouco assustado com tudo aquilo, naquele momento parecia entretido. Por acaso queria divertir-se às custas dela? O rosto de Kamilla enrubesceu.

"Imagino que o senhor deva ter um grande interesse por política, não?", ela perguntou em tom sério.

"Absolutamente nenhum."

"Mas então por que o senhor me deixou falar todo esse tempo sobre política?"

"Ah, porque tudo que a senhorita fala é bonito, a despeito do que seja."

"Isso não é um elogio."

"É sim", ele assegurou-lhe, porém logo viu que ela parecia ofendida.

Kamilla desatou a rir, colocou-se de pé em um salto, correu em direção ao pai, segurou-o pelo braço e levou-o até o estupefato Mogens.

Ao fim da refeição e do café na varanda, o magistrado sugeriu um passeio. E assim os três pegaram a estradinha acima da estrada principal e seguiram por uma pequena trilha ladeada por restevas de centeio nos dois lados, subiram a escada junto à cerca e desceram no outro lado. Lá estavam o carvalho e todo o restante; e ainda havia belas-da-manhã na sebe de espinheiro-branco. Kamilla pediu a Mogens que colhesse flores para ela. Ele as arrancou todas de uma vez só e retornou com a mão cheia.

"Obrigada, mas eu não queria tantas", ela disse, pegando umas poucas e deixando as outras caírem ao chão.

"Nesse caso eu preferia não as ter colhido", Mogens respondeu com uma expressão séria.

Kamilla se abaixou e começou a juntá-las. Esperava que Mogens fosse oferecer ajuda e chegou a procurá-lo com os olhos, mas ele permaneceu imóvel, observando. Bem, mas ela já havia começado, então teria que terminar, e por fim todas as flores foram recolhidas; porém a seguir Kamilla evitou Mogens por um longo, longo tempo, e não se dignou sequer a olhar para o lado em que se encontrava. Mas de um jeito ou de outro os dois fizeram as pazes, uma vez que no caminho de volta para casa, quando chegaram ao carvalho, Kamilla foi para baixo das folhas e olhou em direção à copa, balançou-se de um lado para o outro, abriu os braços e começou a cantar, e Mogens precisou se aproximar dos arbustos de aveleira para ver que tipo de impressão havia causado. De repente Kamilla pôs-se a correr em direção a Mogens, porém ele saiu do personagem e esqueceu-se de gritar e também de correr, e assim Kamilla, sorrindo, explicou que estava muito insatisfeita consigo mesma e que não teria ousadia suficiente para se manter firme no lugar quando uma pessoa terrível – o que disse apontando para si mesma – vinha correndo em sua direção. Porém Mogens disse que estava muito satisfeito consigo.

Quando pouco antes do pôr do sol ele decidiu ir para casa, o magistrado e Kamilla acompanharam-no pelo caminho. E, enquanto os dois voltavam para casa, Kamilla disse ao pai que deviam fazer convites àquele homem solitário ainda naquele mês, quando era possível estar no campo, porque afinal ele não conhecia mais ninguém por lá, e o magistrado concordou e sorriu ao ser tratado com tanta ingenuidade; mas Kamilla andava com uma expressão tão gentil e séria no rosto que não haveria como duvidar de que fosse a própria encarnação da solidariedade.

O clima do outono estava tão ameno que o magistrado passou mais um mês inteiro em Cabo

Trafalgar, e a solidariedade fez com que Mogens o visitasse duas vezes na primeira semana e praticamente todos os dias na terceira.

Aquele era um dos últimos dias de tempo bom; havia chovido pela manhã e depois o céu permanecera fechado quase até o meio-dia, mas por fim o sol apareceu, e brilhou com tanta força e tanto calor que os caminhos do jardim, o gramado e os galhos das árvores foram envoltos por uma névoa suave. O magistrado cortava ásteres enquanto Mogens e Kamilla permaneciam no canto do jardim colhendo maçãs de inverno temporãs. Ele estava em cima de uma mesa com um cesto na mão, e ela em cima de uma cadeira, segurando as pontas de um grande avental branco.

"E o que aconteceu depois?", Kamilla perguntou exaltada a Mogens, que havia interrompido a contação de uma fábula para alcançar uma maçã particularmente alta.

"Bem", ele prosseguiu, "depois o camponês deu três voltas ao redor e cantou: 'Para a Babilônia! Para a Babilônia com um anel de ferro na minha cabeça'. E assim ele e o bezerro saíram voando com a avó e o galo preto; voaram por cima de oceanos extensos como o Arup Vejle, por cima de montanhas altas como a igreja de Jannerup, para além de Himmerland e através de Holstein rumo aos confins do mundo. E lá um troll comia mingau; ele tinha quase terminado quando todos chegaram.

"'Você devia ser um pouco mais temente a Deus', disse o camponês, 'senão pode acabar perdendo o Reino dos Céus.'

"E ele gostaria mesmo de ser mais temente a Deus.

"'Então você precisa fazer uma prece ao fim das refeições', disse o camponês...' Ah, eu não quero mais contar essa história", disse Mogens, impaciente.

"Deixe-a de lado, então", disse Kamilla, encarando-o com uma expressão surpresa.

"Acho que é melhor falar de uma vez", insistiu Mogens. "Eu quero perguntar uma coisa à senhorita, mas antes prometa que não vai rir de mim."

Kamilla desceu da cadeira com um pulo.

"Diga-me! – Não, eu é que vou dizer – Aqui está a mesa e lá está a cerca. Se a senhorita não quiser ser a minha noiva, eu vou sair correndo, pular com o cesto por cima da cerca e desaparecer. Um."

Kamilla encarou-o e viu o sorriso desaparecer daquele rosto.

"Dois."

Mogens estava pálido de emoção.

"Eu quero", ela murmurou, soltando as pontas do avental e deixando as maçãs espalharem-se por todos os cantos do mundo, e então pôs-se a correr.

Mas ela não correu de Mogens.

"Três", ela disse ao ser alcançada, mas assim mesmo ele a beijou.

O magistrado foi perturbado no corte dos ásteres, mas o filho do juiz do condado era uma mistura simplesmente perfeita de natureza e civilização para que o magistrado quisesse impor dificuldades.

***

Era o fim do inverno; a grossa camada de neve, formada por uma semana inteira de ventos constantes, logo começou a derreter. O ar estava repleto de sol e de reflexos da neve branca, que em gotas graúdas e luminosas escorria pelas janelas. No interior da sala todas as formas e cores estavam despertas, todas as linhas e contornos estavam vivos: o que era plano ganhou relevo, o que era curvo se encolheu, o que era oblíquo deslizou e o que era diferente mediu forças. Os tons esverdeados vicejavam uns em meio aos outros na mesa de flores, desde o mais delicado verde-escuro até o mais chamativo verde-limão. Os tons avermelhados fluíam em flamas sobre a mesa de mogno, e o ouro brilhava e coruscava de bibelôs, molduras e lambris, mas no tapete do assoalho todas as cores mediam forças em um alegre e vibrante tumulto.

Kamilla costurava sentada à janela, e tanto ela como as Graças no consolo estavam totalmente envoltas pela luz avermelhada das cortinas vermelhas, enquanto Mogens, que andava lentamente de um lado para o outro, a todo instante entrava e saía dos pilares de luz oblíqua formados por grânulos de pó iridescentes.

Ele falava com entusiasmo.

"Bem", disse, "são pessoas estranhas, essas com quem a senhora convive; não existe nada entre o céu e a terra que não sejam capazes de resolver com um simples gesto de mão: isso é vulgar e aquilo é nobre, isso é a coisa mais estúpida que já existiu desde a criação do mundo e aquilo é a coisa mais sábia, isso é muito feio, muito feio e aquilo é tão lindo que não há sequer palavras, e em tudo estão todos de acordo; é como se houvesse uma tabela ou coisa parecida onde pudessem fazer o cálculo necessário, porque todos parecem ter a mesma cartilha que traz a resposta. – Como essas pessoas se parecem umas com as outras! Todas sabem as mesmas coisas e falam sobre as mesmas coisas, todas usam as mesmas palavras e têm as mesmas opiniões."

"Você não pretende dizer", Kamilla o interrompeu, "que Karlsen e Rønholt têm a mesma opinão?"

"Eles são os melhores de todos, porque têm partidos diferentes! As convicções mais fundamentais são distintas como noite e dia! Não, não é nada disso; os dois concordam tanto que tudo é uma grande harmonia; talvez exista um detalhe em que realmente discordem; talvez seja apenas um mal-entendido; mas pelo amor de Deus, ouvi-los conversar é uma comédia! É como se fizessem todo o possível para não concordar, porque começam falando alto, logo se alteram, então um diz uma coisa em que no fundo não acredita, depois o outro diz o exato oposto, em que na verdade tampouco acredita, e a seguir um ataca a ideia em que o outro não acredita, e o outro a ideia em que o um não acredita, e assim o jogo continua."

"Mas o que foi que eles fizeram para você?"

"Esses sujeitos me irritam; olhar no rosto deles é como receber uma correspondência avisando que nada mais de interessante vai acontecer no mundo."

Kamilla largou a costura, chegou mais perto, agarrou a gola do paletó de Mogens e o encarou com um jeito travesso e interrogativo.

"Eu não aguento Karlsen", ele disse com um jeito azedo enquanto balançava a cabeça.

"Muito bem! O que mais?"

"O que mais? Você é muito, muito doce", ele sussurrou com um ar ao mesmo tempo afetuoso e cômico.

"O que mais?"

"Bem", Mogens respondeu, "ele olha para você e ouve você e fala com você de um jeito que eu não suporto; ele tem que parar com isso, porque você é minha, não dele. Não é verdade? Você não é dele, não mesmo! Você é minha, está prometida a mim, como Fausto ao demônio; você é minha de corpo e alma, em carne e sangue, por toda a eternidade!"

Kamilla fez um gesto afirmativo com a cabeça, virou o rosto em direção a ele um pouco angustiada, encarou-o com um olhar fiel, sentiu os olhos rasos de lágrimas e aconchegou-se em Mogens, que a abraçou e beijou-lhe a testa.

No mesmo dia à tarde Mogens acompanhou o magistrado até o correio, onde havia ordens para o magistrado sobre uma viagem a trabalho. Em razão disso, no dia seguinte pela manhã Kamilla iria à casa da tia, para lá permanecer até o retorno do pai.

Após despedir-se do futuro sogro, Mogens foi para casa e pensou que haveria de passar vários dias sem ver Kamilla. Ele dobrou na rua onde ela morava. Era uma rua comprida e estreita e pouco frequentada. Um carro avançava ao longe; e na mesma direção havia também o som de passos que se afastavam. De repente um cachorro latiu numa casa mais atrás. Mogens olhou para o alto da casa onde Kamilla morava: como de costume, o térreo estava às escuras, e as vidraças brancas animavam-se apenas com o brilho errante do lampião na casa ao lado. No segundo andar as janelas estavam abertas, e numa delas uma dúzia inteira de tábuas estendia-se para além do parapeito. A janela de Kamilla estava às escuras, e o andar de cima também estava às escuras, a não ser pela janela única do sótão, onde se refletia o brilho amarelo da lua. Acima da casa as nuvens deslizavam a grande velocidade. Nas casas em ambos os lados as vidraças estavam iluminadas.

A casa escura entristeceu Mogens, pois tinha um aspecto melancólico e desconsolado; as janelas abertas trepidavam nos caixilhos, a água escorria monotonamente pelas calhas e às vezes caía em um lugar que ele não enxergava com um som cavo e úmido enquanto o ar pesado soprava pela rua. Aquela casa escura, escura! Mogens sentiu os olhos rasos de lágrimas e o peito apertado, e logo surgiu a estranha e obscura ideia de que teria reprimendas a se fazer no que dizia respeito ao trato com Kamilla. Depois pôs-se a pensar na mãe e sentiu vontade de pousar a cabeça no colo dela e chorar.

E assim Mogens passou um bom tempo, com a mão no peito, até que um carro aparecesse em alta velocidade pela rua, quando então seguiu em frente e foi para casa. Foi necessário passar um bom tempo a dar trancos na porta da frente até que por fim se abrisse; ao entrar ele subiu a escada cantarolando e, já de volta, jogou-se no sofá tendo na mão um dos romances de Smollett, e assim leu e riu até passar da meia-noite.

Por fim o cômodo tornou-se demasiado frio; Mogens pôs-se de pé com um salto e bateu os pés de um lado para o outro a fim de afastar o frio. Deteve-se ao lado da janela: num dos lados, o céu estava tão claro que os telhados cobertos de neve tornavam-se quase indistinguíveis; no outro havia nuvens alongadas, e mais abaixo o ar ganhara um estranho brilho avermelhado, um brilho ondulante e hesitante, uma névoa fumarenta e vermelha; ele abriu a janela e descobriu um incêndio na direção em que se localizava a casa do magistrado. Mogens saiu escada abaixo e rua afora o mais depressa que podia; desceu uma rua transversal, correu por uma rua lateral e assim por diante; não conseguia ver nada, mas quando dobrou a esquina viu o brilho vermelho-fogo. Uma vintena de pessoas descia a rua. Ao passar umas pelas outras, todas perguntavam-se onde era o incêndio. A resposta: na refinaria de açúcar. Mogens continuou a correr na mesma velocidade de antes, porém tinha o coração bem mais leve. Mais duas ruas, onde ainda mais pessoas falavam sobre a fábrica de sabão. A fábrica localizava-se em frente à casa do magistrado. Mogens correu feito um louco. Faltava apenas mais uma transversal, já lotada de gente; homens tranquilos e bem-vestidos, velhas senhoras com roupas puídas que falavam devagar em tom lamurioso, aprendizes que gritavam, moças enfeitadas que trocavam cochichos, vagabundos que se mantinham firmes no lugar e faziam gracejos, bêbados surpresos e bêbados que trocavam ofensas, policiais confusos e cocheiros que não conseguiam avançar nem retroceder. Mogens passou em meio à multidão. Nessa altura chegou à esquina; as chispas caíram devagar por cima dele. Subiu a rua; mais chispas precipitaram-se; as janelas brilhavam vermelhas em ambos os lados; a fábrica ardia, a casa do magistrado ardia e a casa do vizinho ardia também. Tudo era fumaça, fogo e caos, gritos, imprecações, telhas que desabavam, golpes de machado, madeira que rachava, vidraças que se estilhaçavam, jatos que silvavam, jorravam e chapinhavam, e em meio a tudo isso os lamentos cavos e regulares da bomba d'água. Móveis, roupas de cama, capacetes pretos, escadas, botões lustrosos, rostos iluminados, rodas, cordas, lonas, estranhos instrumentos; Mogens passou no meio, por cima, por baixo de tudo e enfim chegou à casa.

A fachada estava fortemente iluminada pelas chamas da fábrica que ardia; a fumaça escapava por entre as telhas e derramava-se para fora das janelas abertas no térreo; lá dentro o fogo estrondeava e crepitava; um estalo vagaroso deu vez a um rolar e a um estrondo e terminou com um baque abafado; fumaça, fagulhas e chamas saíam em agonia por todas as aberturas da casa, e então as labaredas começaram a jogar e a queimar com força redobrada e brilho redobrado. A parte central do teto havia desabado no térreo. Mogens agarrou-se com as duas mãos a uma grande escada de bombeiros, apoiada contra uma parte da fábrica que ainda não ardia em chamas. Por um momento segurou-se na vertical, porém logo a escada caiu em direção à casa do magistrado e chocou-se contra um parapeito do segundo piso. Mogens subiu a escada às pressas e entrou pela abertura. No primeiro instante foi preciso fechar os olhos em razão da fumaça acre, e o cheiro sufocante saído das tábuas calcinadas que os jatos d'água tinham atingido deixaram-no sem fôlego. Ele estava na sala de jantar. A parede ao lado havia desabado quase por inteiro. A sala de estar havia se transformado num abismo em brasa; as labaredas do andar de baixo por vezes quase alcançavam o teto, e as poucas tábuas que se mantinham no lugar onde o piso havia cedido ardiam em chamas amarelo-claras enquanto sombras e clarões ondulavam nas paredes; o papel de parede enrolava-se aqui e acolá, pegava fogo e voava em fragmentos ardentes para o interior do abismo enquanto línguas de fogo amarelas lambiam acabamentos e molduras de quadros. Enquanto Mogens atravessava as ruínas e os destroços da parede desabada em direção à beira do abismo, do andar de baixo lufadas alternadas de ar frio e quente sopravam contra seu rosto; do outro lado, uma parte tão grande da parede havia desabado que ele pôde ver o interior do quarto de Kamilla, enquanto a parte que guardava o escritório do magistrado se mantinha de pé. O calor tornou-se mais e mais intenso, a pele do rosto se retesou e ele percebeu que os cabelos também se enrolavam. Um objeto pesado roçou-lhe o ombro, caiu-lhe em cima das costas e o empurrou de encontro ao assoalho;

era uma viga que aos poucos havia se deslocado. Mogens não conseguia mais se mexer; a respiração tornou-se cada vez mais pesada e as frontes começaram a latejar; à esquerda um jato d'água atingiu a parede da sala de jantar, e ele desejou acima de tudo que aqueles pingos frios, aqueles pingos frios que se espalhavam por todos os lados, também pudessem atingi-lo. Então ouviu um gemido no outro lado do abismo e viu uma silhueta branca movimentar-se no quarto de Kamilla. Era ela. Estava de joelhos e, enquanto os quadris balançavam, sustinha a cabeça entre as mãos. Ela se levantou devagar e foi até a beira do abismo. Tinha as costas empertigadas, os braços soltos ao longo do corpo e a cabeça meio instável sobre o pescoço; muito, muito devagar o corpo dela inclinou-se para a frente, os lindos e longos cabelos varreram o chão, ergueu-se uma tocha repentina e intensa e então tudo acabou: no instante seguinte ela precipitou-se em direção às chamas.

Mogens soltou um lamento curto, profundo e intenso, como o urro de um animal selvagem, e ao mesmo tempo fez um movimento violento como que para afastar-se do abismo; não aguentava mais o peso da viga; as mãos procuraram os destroços da parede e os agarraram com força, e assim ele pôs-se a bater a cabeça a intervalos regulares contra as ruínas e a gemer: Meu Deus, meu Deus, meu Deus!

E assim ele permaneceu. Passado um tempo, notou que o puxavam; era um bombeiro, que havia jogado a viga para o lado e tencionava levá-lo para fora da casa; Mogens notou com um profundo sentimento de horror que estava sendo erguido e carregado. O bombeiro levou-o até a abertura; lá, Mogens teve a nítida impressão de que aquilo era uma injustiça, de que o bombeiro que o carregava fazia-lhe um mal horrível, e então soltou-se daqueles braços, agarrou uma ripa caída no chão, desferiu um golpe contra a cabeça do bombeiro e o fez cambalear para trás, saiu pela abertura e desceu a escada correndo, mantendo a ripa acima da cabeça. Correu em meio ao tumulto, à fumaça, à multidão de pessoas, em meio às ruas vazias, deixou para trás as praças desertas e chegou por fim ao campo. Havia neve por toda parte, e logo à frente uma pequena mancha preta, um monte de cascalho que se erguia a partir da camada de neve; Mogens golpeou-o com a ripa, golpeou-o repetidas vezes e continuou a golpeá-lo; parecia disposto a matá-lo para que sumisse de vez, e também queria correr para longe, e assim correu ao redor do monte e golpeou-o como um louco, porém o monte não queria, não queria sumir, e assim ele jogou a ripa longe e atirou-se em cima do monte preto na tentativa de livrar-se daquilo, mas acabou com as mãos cheias de pedrinhas; aquilo era cascalho, um monte de cascalho; por que ele tinha acabado no chão, remexendo um monte de cascalho? Ele cheirava a fumaça, as chamas brilhavam ao redor, ele viu Kamilla cair rumo às chamas, gritou e desabalou campo afora. Mogens não conseguia livrar-se daquela visão das chamas e precisou tapar os olhos: chamas, chamas! Ele se atirou ao chão e afundou o rosto na neve: chamas! Levantou, correu de volta, correu mais adiante, virou: havia chamas por toda parte; e então voltou a correr pela neve deixando para trás casas, árvores, um rosto horrorizado que olhava através da janela, desviando de montes de feno e atravessando propriedades onde os cachorros latiam e tentavam desvencilhar-se das correntes. Mogens correu em frente a um prédio e de repente viu-se defronte a uma janela iluminada por um brilho intenso e irrequieto, e aquela luz fez-lhe bem, porque as chamas estavam subjugadas; aproximou-se da janela e olhou para dentro; era uma cervejaria; uma moça estava ao lado do fogo, mexendo a panela; a lamparina que trazia na mão cintilava com um brilho avermelhado em meio ao cheiro forte; outra moça estava sentada depenando uma galinha enquanto uma terceira chamuscava uma galinha num grande fogo de palha; as chamas logo diminuíam e então vinha mais palha, e a chamas reavivaram-se, e por fim diminuíram outra vez, tornaram-se ainda menores e por fim extinguiram-se. Enraivecido, Mogens acertou a vidraça com um golpe de cotovelo e pôs-se a caminhar lentamente enquanto as moças gritavam lá dentro. Depois tornou a correr, e correu enquanto soltava lamentos silenciosos. Acudiram-lhe vislumbres e lembranças dos bons tempos, que se tornavam duplamente sombrios por haverem chegado ao fim; ele não conseguia sequer pensar no que tinha acontecido, porque aquilo não podia ter acontecido, e então se prostrou de joelhos e torceu as mãos em direção ao céu enquanto suplicava que o acontecido fosse desfeito. Por muito tempo arrastou-se de joelhos, com os olhos fixos nas alturas, como se temesse que o céu pudesse fugir para evitar aquelas preces caso não o encarasse o tempo inteiro. E imagens dos bons tempos chegaram flutuando, cada vez mais, em fileiras nebulosas; e também havia imagens que surgiam com esplendor súbito, enquanto outras deslizavam tão indefinidas e tão distantes que chegavam a desaparecer antes mesmo que pudesse identificá-las. Mogens estava sentado em silêncio na neve, tomado por luzes e cores, vida e felicidade – e a angústia negra que havia sentido anteriormente, como se tudo de repente fosse apagar-se, tinha por fim desaparecido. Tudo estava em silêncio ao redor, e no âmago ele sentia paz; as imagens haviam passado, mas a felicidade permanecera. Quanto silêncio! Não havia nenhum som; mas os sons pairavam no ar. E chegaram risos e canções, e palavras delicadas, e passos leves, e os lamentos cavos da bomba-d'água. Ainda se lamentando, Mogens correu longe e por muito tempo, chegou ao lago e acompanhou-lhe as margens até que uma raiz o levasse a cair, e, como já estivesse cansado, ele permaneceu no chão.

A água vencia as pedrinhas com um gorgolejar macio; por vezes um farfalhar erguia-se em meio aos galhos nus, corvos solitários crocitavam acima do lago e a manhã lançava o brilho intenso sobre a floresta e o lago, sobre a neve e aquele rosto pálido.

Ao nascer do sol Mogens foi encontrado pelo encarregado da cerca na floresta vizinha e levado à casa do guarda-florestal Nikolai, onde passou dias e semanas entre a vida e a morte.

Mais ou menos enquanto Mogens era levado à casa de Nikolai um carro chegava depressa ao fim da rua onde se localizava a casa do magistrado. O cocheiro foi incapaz de compreender por que o policial queria impedi-lo de fazer o trabalho que lhe fora designado, e assim os dois trocaram ofensas. Aquele era o carro que levaria Kamilla para a casa da tia.

***

"Não! Desde a morte trágica de Kamilla, ainda não o vimos."

"É curioso notar o que se esconde nas pessoas. Ninguém suspeitava de nada. Ele era muito reservado e tímido, quase desajeitado. Não é verdade, senhora? A senhora não suspeitava de nada?"

"Em relação à doença? Meu Deus, como o senhor pode fazer uma pergunta dessas? – Quando o senhor afirma – eu não entendi ao certo – havia uma coisa ou outra no sangue, um problema hereditário? – Bem, segundo lembro, o pai dele foi levado a Aarhus. Não foi, sr. Karlsen?"

"Não! – Quer dizer, foi, mas para ser enterrado, porque o túmulo da primeira esposa fica lá. Não, eu estava pensando no horror que – ah, na vida terrível que ele levou nesses últimos dois anos ou dois anos e meio."

"Ah, nah – nah – Não! – Quanto a isso eu não sei de nada."

"Bem – então – ah – não é um assunto lá muito agradável, afinal ninguém quer... bem! A senhora compreende; por consideração ao próximo. A família do magistrado..."

"Ora, é claro que aquilo que o senhor diz se justifica de uma forma ou de outra – mas por outro lado – diga-me, com toda a sinceridade: não existe hoje em dia um – um esforço pietista no sentido de ocultar as fraquezas dos semelhantes e – não que eu entenda desse tipo de coisa, mas – o senhor não acha que a verdade, ou a moral pública, e aqui não me refiro à moralidade, mas – a moral, a situação, como o senhor quiser chamar – acaba por sofrer nessa situação?"

"Sem dúvida! E folgo em saber que temos a mesma opinião, porque nesse caso... A questão é que ele se entregou a excessos dos mais variados tipos, viveu da forma mais pervertida em meio ao populacho mais vulgar, a pessoas desprovidas de honra, desprovidas de consciência, desprovidas de posição, religião ou o que quer que seja: desocupados, artistas de variedades, frequentadores de tavernas e – e, a bem da verdade, mulheres levianas."

"E tudo depois de ter noivado com Kamilla, pelo amor de Deus, e depois de ter passado três meses de cama em razão da meningite!"

"É – e que sorte de predisposição essas coisas sugerem, e como deve ter sido o passado desse homem? O que a senhora imagina?"

"Ah, só Deus sabe o que de fato se passava com ele na época do noivado. Ele sempre me pareceu um pouco suspeito. Essa é a minha opinião."

"Desculpe-me, senhora, e desculpe-me também o senhor, sr. Karlsen; mas os senhores trataram o assunto de forma um pouco abstrata – demasiado abstrata; por acaso eu tenho relatos bem mais concretos de um amigo que mora na Jutlândia e posso discorrer sobre o assunto com maior riqueza de detalhes."

"Sr. Rønholt! O senhor não pretende..."

"Entrar em detalhes? É exatamente o que pretendo, sr. Karlsen, com a licença da senhora. Obrigado. É certo que ele não viveu como se deve viver após convalescer de uma meningite. Andou pelos mercados com parceiros de bebida, e tampouco deve ter evitado contato com artistas de variedades, e ainda menos com as artistas mulheres. Talvez o melhor fosse buscar a carta do meu amigo. Os senhores permitem-me? Volto em um instante."

"O senhor não acha, sr. Karlsen, que o sr. Rønholt tem se mostrado particularmente amável nesse encontro de hoje?"

"Acho! Não há como negar; porém não esqueça que ele já verteu toda a bile em um artigo publicado no Morgenavisen. Imagine, ter a ousadia de propor que – é um acinte, uma mostra de desprezo pela lei, porque – hmm..."

"Encontrou a carta?"

"Encontrei. Posso começar? Vejamos – sim: 'Nosso amigo em comum, que encontramos no ano passado em Mønsted, e que você já conhecia de Copenhague, passou os últimos meses aqui na região. Tem a mesma aparência daquela outra vez – o melancólico e pálido cavaleiro da triste figura. Ele é a mais ridícula mistura de alegria forçada e desespero silencioso; afeta indiferença e brutalidade em relação a si mesmo e aos outros; mantém-se quieto e lacônico e, conquanto não faça nada além de entregar-se à bebida e a excessos, jamais parece se divertir; tudo se resume ao que eu já havia dito naquela outra vez: ele sofre com a ideia fixa de ver-se como um homem pessoalmente aviltado pela existência. Os contatos que mantinha por aqui eram literalmente um comerciante de animais a quem chamam de "sacristão da taverna", porque está sempre cantando e sempre bebendo, e um misto ardiloso e canhestro de marujo e caixeiro-viajante, conhecido e temido pelo apelido de Peer sem Timão, além da bela Abelone; nos últimos tempos, contudo, essa última precisou ceder a vez a uma morena que fazia parte de uma trupe de variedades, e que por muito tempo fez de nós homens felizes com exibições de força e equilibrismo. Você conhece esse tipo de mulher, com rosto amarelado e penetrante, feições prematuramente envelhecidas – pessoas destruídas pela brutalidade, pela miséria e por vícios baratos, e ainda por cima vestidas sempre com veludo puído e vermelho encardido. Eis o bando. Não entendo a paixão do nosso amigo; é verdade que perdeu a noiva para uma morte trágica, mas essa explicação não basta. É preciso ainda contar sobre a maneira como ele nos deixou. Havia uma feira aqui pelos arredores; ele, o Sem Timão, o comerciante de animais e a mulher estavam em uma tenda, bebendo madrugada adentro. Por volta das três horas eles finalmente se deram por satisfeitos e decidiram ir embora. Eles chegam ao carro e tudo está bem, mas de repente o nosso amigo sai da estrada e começa a levá-los todos pelo campo e pelo urzal com os cavalos a galope. O carro joga de um lado para o outro. O comerciante de animais começa a passar mal e grita que precisa apear. Quando ele desce, nosso amigo mais uma vez faz o chicote estalar e avança em direção a um morro coberto de urze; a mulher sente medo e apeia, e então ele sobe o morro e desce do outro lado a uma velocidade tão alta que parece um milagre saber que o carro não chegou na frente dos cavalos. Durante a subida, Peer tinha saltado do carro, e para agradecer a viagem atirou o grande canivete na cabeça do cocheiro."

"Coitado! Mas essa história da mulher é muito feia."

"Repugnante, senhora, com certeza repugnante. O senhor acha mesmo, sr. Rønholt, que esse relato põe o sujeito em uma posição mais vantajosa?"

"Mais vantajosa não; mais definida. Como os senhores bem sabem, no escuro tendemos a ver as coisas maiores do que são."

"Seria possível imaginar coisa pior?"

"Se não, então essa é a pior; mas não se deve jamais imaginar o pior em relação às pessoas."

"Bem, então o senhor acha que isso tudo não é tão ruim, que há um elemento saudável nisso, uma coisa eminentemente plebeia, que agrada o seu pendor democrático."

"Mas não lhe parece visível que se comporta de maneira totalmente aristocrática em relação ao ambiente em que se encontra?"

"Aristocrática? Não, seria um paradoxo. Se esse homem não é um democrata, não imagino o que possa ser."

"Bem, há outras denominações possíveis."

Azereiros brancos, silindras azuladas, pilriteiros e laburnos exuberantes floriam e exalavam fragrâncias em frente à casa. As janelas estavam abertas, com as persianas abaixadas. Mogens apoiava-se no parapeito com as persianas a descerem-lhe pelas costas. Depois de todo o sol de verão na floresta, na água e no ar, era bom para os olhos encontrar a luz tênue, aconchegante e tranquila da sala. Lá dentro, uma mulher alta e exuberante, de costas para a janela, colocava flores em um grande vaso. O vestido matinal vermelho-claro era preso ao corpo por um cinturão de couro preto e brilhante afivelado logo abaixo dos seios, e no chão logo atrás havia uma capa branca como a neve. Os cabelos bastos e deveras loiros estavam presos numa touca de dormir vermelha.

"Você está pálida depois da pândega de ontem", foram as primeiras palavras de Mogens.

"Bom dia", respondeu a mulher que, sem virar o corpo, estendeu-lhe a mão com as flores que nela trazia. Mogens pegou uma das flores. Laura virou a cabeça de perfil, abriu a mão de leve e deixou as flores caírem aos poucos no chão. Depois voltou a mexer no vaso.

"Doente?", perguntou Mogens.

"Cansada."

"Eu não vou tomar café da manhã com você hoje."

"Não?"

"E tampouco podemos jantar juntos."

"Você quer pescar?"

"Não. – Adeus!"

"Quando você deve voltar?"

"Eu não devo mais voltar."

"O que significa isso?", perguntou Laura, que então ajeitou o vestido, aproximou-se da janela e sentou-se na cadeira que havia por lá.

"Estou cansado de você. – De tudo."

"Você está sendo mau. O que houve? O que foi que eu fiz para você?"

"Nada, mas como não somos casados nem estamos loucamente apaixonados um pelo outro, eu não vejo nada de estranho caso eu resolva tomar o meu próprio rumo."

"Você está com ciúmes?", ela perguntou vagarosamente.

"De você? Que o bom Deus guarde o meu juízo!"

"O que significa essa história toda, afinal?"

"Significa que eu estou farto da sua beleza, que eu conheço a sua voz e os seus gestos de cor e que nem os seus caprichos, nem a sua estupidez nem a sua astúcia me divertem mais. Você acha que tenho motivos para ficar?"

Laura começou a chorar. "Mogens, Mogens, como você tem coragem de fazer uma coisa dessas? Ah, o quê, o quê, o que vai ser de mim? Fique pelo menos hoje! Pelo menos hoje, Mogens, não me abandone."

"Ah, é mentira, Laura; nem você mesma acredita nisso. Não é por me amar tanto que você agora está desamparada; trata-se apenas de uma pequena surpresa em razão da mudança: você está angustiada com essa perturbação nos seus hábitos cotidianos. Eu sei muito bem disso, e você não é a primeira de quem eu me canso."

"Ah, fique comigo só mais hoje, e eu prometo que não vou pedir sequer uma hora a mais."

"Vocês mulheres parecem cachorros! Não têm um pingo de dignidade no corpo; ao serem chutadas, voltam com o rabo entre as pernas."

"É verdade, mas fique hoje – por favor – fique!"

"'Fique, fique.' Não!"

"Ah, Mogens, você nunca me amou."

"Não."

"Ah, mas você me amou sim, naquele dia que ventava forte – ah, naquele dia agradável que passamos na praia, sentados perto do barco para nos protegermos do vento."

"Menina idiota!"

"Se ao menos eu fosse uma menina direita de família elegante, e não uma mulher como sou, você ficaria comigo, porque não teria coragem de me tratar com tanto descaso – ah, eu te amo tanto!"

"Pois não devia."

"Não. Eu sou como o chão em que você pisa: você nem ao menos pensa em mim. Nunca uma palavra gentil, mas sempre palavras ríspidas; porém mesmo o desprezo seria o bastante para mim."

"As outras não eram melhores nem piores do que você. Adeus, Laura!"

Ele estendeu a mão, porém Laura pôs as mãos nas costas e choramingou: "Não, não, nada de adeus! Nada de adeus!".

Mogens levantou a persiana, afastou-se dois passos e deixou-a cair em frente à janela. Laura depressa enfiou-se por baixo da persiana e estendeu o corpo para além do parapeito: "Venha cá! Estenda a mão para mim!".

"Não."

Quando ele já estava a uma certa distância, ela gritou em tom de lamento: "Adeus! Mogens...".

Ele se virou em direção à casa e fez um aceno discreto. E então seguiu em frente: "E pensar que uma menina dessas acredita no amor! – Não, não acredita".

***

A brisa marítima da tarde soprava em direção ao continente, e as folhas do centeio-do-mar agitavam as espigas pálidas e erguiam as folhas pontiagudas de leve, os juncos se balançavam, a água do lago escurecia-se com milhares de pequenos sulcos e as folhas dos nenúfares vibravam intranquilas nas hastes. Depois o urzal estendia-se com as flores escuras, e na areia as labaças balançavam-se langorosamente por toda parte. Rumo ao continente! Os fardos de aveia curvavam-se, o jovem cravo tremia na resteva e o trigo revelava-se alto e baixo em pesadas ondas; os telhados cediam, o moinho rangia, as veletas corrupiavam, a fumaça saía pelas chaminés e as janelas embaçavam-se.

O vento soprava nos campanários e nos choupos da propriedade e assoviava nos arbustos e na encosta de Bredbjerg. Mogens estava lá no alto, olhando para a terra escura. A lua começava a brilhar, e as brumas pairavam sobre os campos lá embaixo. A vida toda era demasiado triste: vazia atrás, escura à frente. Mas assim era a vida. As pessoas que viviam felizes eram também cegas. A infelicidade tinha-o ensinado a ver: tudo era injusto e mentiroso, e a própria terra uma mentira que girava em torno do próprio eixo; a fidelidade, a amizade e a compaixão eram mentiras, cada mínima coisa era mentira; mas aquilo que se costuma chamar de amor, esse era o vazio de todos os vazios, não passava de luxúria, luxúria em chamas, luxúria em brasa, luxúria fumegante, mas assim mesmo luxúria e nada mais. Por que ele sabia dessas coisas? Por que não tinha podido manter a crença em todas essas mentiras pintadas com ouro? Por que ele via, enquanto os outros eram cegos? Ele tinha direito à cegueira, e tinha acreditado em tudo aquilo em que se pode acreditar.

As luzes acenderam-se na cidade.

Mais abaixo as casas se enfileiravam uma ao lado da outra. Minha casa! Minha casa! E minha crença infantil em toda a beleza do mundo! – Mas e se os outros tivessem razão? E se o mundo fosse mesmo repleto de corações palpitantes e houvesse um Deus de amor no céu? Mas por que eu não sei dessas coisas, por que sei de outras coisas? Eu sei de coisas duras e amargas, mas verdadeiras...

Mogens se levantou; à sua frente, os campos estavam banhados pelo luar. Ele desceu à cidade pelo trajeto que seguia ao longo do jardim; caminhou e olhou em direção ao muro de pedra. No jardim havia um choupo prateado; o luar iluminava as folhas trêmulas, que ora revelavam o lado escuro, ora o lado branco. Mogens apoiou os cotovelos no muro e olhou para aquela árvore com a impressão de que as folhas escorriam pelos galhos. Imaginou ouvir um som trazido pelas folhas. E de repente ergueu-se uma linda voz de mulher:

> *Du Blomst i Dug!*
> *Du Blomst i Dug!*
> *Hvisk mig Drømmene dine.*
> *Er der i dem den samme Luft,*

Den samme selsomme Elvelandsluft,
Som i mine?
Og hvisker, sukker og klager det der
Gjennem døende Duft og blundende Skjær,
Gjennem vaagnende Klang, gjennem spirende Sang:
I Længsel,
I Længsel jeg lever!

[Tu, flor no orvalho!
Tu, flor no orvalho!
Conta-me os sonhos teus.
Será que há neles o mesmo ar,
O mesmo estranho e fabuloso ar
Que há nos meus?
Que diz em suspiros, sussurros, lamentos,
Perfumes fugazes, clarões sonolentos,
Em notas despertas e canções libertas:
No anseio,
No anseio eu vivo!]

Depois o silêncio retornou. Mogens tomou fôlego e pôs-se a ouvir, sentindo-se tenso: não havia música nenhuma; no jardim ouviu-se o som de uma porta. Logo ele ouviu o farfalhar inconfundível das folhas do choupo prateado. Então apoiou a cabeça nos braços e pôs-se a chorar.

O dia seguinte foi um daqueles esplendorosos no fim do verão. Um dia com brisas frescas, muitas nuvens grandes que deslizam ligeiras pelo céu, com uma eterna alternância de claro e escuro conforme as nuvens passam em frente ao sol. Mogens tinha ido até o cemitério, onde terminava o jardim da casa senhorial. Tudo parecia bastante austero com a grama recém-cortada; atrás de uma antiga cerca quadrada havia um arbusto largo e baixo de sabugueiro com folhas que se agitavam, e uns poucos túmulos eram ornados com molduras de madeira, embora a maioria não passasse de pequenos montes quadrados, uns com detalhes e inscrições em metal ou cruzes em madeira com a pintura descascada, outros com guirlandas de cera – porém a maior parte não tinha nada. Mogens andou à procura de um lugar que oferecesse abrigo, mas o vento parecia soprar por todos os lados da igreja. Ele se acomodou perto do muro de pedra e tirou um livro do bolso, mas a leitura não deu em nada; toda vez que uma nuvem passava em frente ao sol ele tinha a impressão de que a temperatura caía demais e pensava em se levantar, porém logo a luz retornava e o mantinha por lá. Uma menina chegou andando devagar, com um galgo e um pointer correndo à frente. Ela parou e fez menção de sentar-se, mas ao ver Mogens seguiu pelo caminho e atravessou o cemitério e saiu portão afora. Mogens se levantou e acompanhou-a com o olhar; a menina caminhava pela estrada, com os cachorros ainda a brincar. Então Mogens pôs-se a ler as inscrições em duas ou três sepulturas, e aquilo logo fez com que sorrisse. De repente uma sombra pairou sobre uma das sepulturas e assim permaneceu. Mogens olhou para o lado. Havia um homem queimado de sol, com uma das mãos na bolsa de caça e outra numa espingarda.

"Essa não é das piores", disse o homem, apontando com a cabeça para a inscrição.

"Não", respondeu Mogens, levantando-se.

"Diga-me", prosseguiu o caçador, olhando para o lado como se procurasse uma coisa ou outra, "O senhor está há dias aqui, e eu já pensei um bocado a respeito do senhor, mas nunca tinha me aproximado; e o senhor está sempre sozinho. Por que não quis nos procurar? E como, afinal de contas, o senhor passa o tempo? Pois o senhor não deve estar aqui pela região a negócios?"

"Não, estou aqui a lazer."

"De fato há bastante por aqui", o homem interrompeu-o com uma risada. "Por acaso o senhor não caça? Não gostaria de me acompanhar? Preciso ir à hospedaria comprar chumbo, e enquanto o pedido apronta eu pretendo xingar o ferreiro. E então? O senhor vem comigo?"

"Será um prazer."

"E além disso – Thora! O senhor não viu uma moça por aqui?" O homem subiu no muro de pedra. "Lá está ela. É minha prima, e eu não posso apresentá-la ao senhor. Mas venha! Vamos atrás dela; nós dois fizemos uma aposta e o senhor há de ser o juiz; ela viria até o cemitério com os cachorros e eu passaria com a espingarda e a bolsa de caça, sem chamar nem assoviar. Se os cachorros assim mesmo passassem a me acompanhar, ela perderia. É o que vamos descobrir agora."

Pouco depois os dois alcançaram a mulher; o caçador manteve o olhar fixo à frente, mas não pôde conter um sorriso; Mogens cumprimentou-a ao passar. Os cachorros olharam confusos para o caçador e rosnaram de leve, e então olharam para a mulher e latiram. Ela quis fazer-lhes um afago, mas os cachorros afastaram-se com indiferença e latiram às costas do caçador; afastaram-se passo a passo, olharam mais uma vez para a mulher e então saíram correndo atrás do caçador. Ao alcançá-lo, os cachorros puseram-se a saltar e a correr de um lado para o outro, totalmente descontrolados.

"Ganhei!", o caçador gritou para a mulher; ela assentiu com um sorriso nos lábios, virou-se e foi embora.

A caça durou boa parte da tarde; Mogens e Villiam deram-se bem um com o outro, e Mogens prometeu fazer uma visita à propriedade ao entardecer; e assim fez naquele dia e em praticamente todos os dias a partir de então, embora permanecesse morando na hospedaria apesar das inúmeras ofertas de hospitalidade.

Foi uma época agitada para Mogens. No início, a presença de Thora despertava muitas lembranças tristes e pesarosas; com frequência via-se obrigado a falar com outras pessoas ou então se despedir para que a comoção não o dominasse por completo. Não que Thora se parecesse com Kamilla – mas assim mesmo ele não via e não ouvia nada além de Kamilla. Thora era pequena, delicada e esbelta, tinha um sorriso fácil, mostrava as lágrimas e mostrava o entusiasmo e, quando falava a sério por um longo tempo com outra pessoa, não era como uma aproximação, mas antes como se perdesse em si mesma; quando outra pessoa contava uma história ou oferecia uma explicação, o rosto e a figura como um todo expressavam a mais absoluta confiança, e por vezes também expectativa. Villiam e a irmã mais nova não a tratavam como uma companheira, mas tampouco como uma forasteira; o tio e a tia, os criados, as criadas e os camponeses da região – todos a cortejavam, ainda que de forma cautelosa e apreensiva; comportavam-se em relação a ela mais ou menos como haveriam de comportar-se em relação a um viajante na floresta que se depara com um desses pequenos e belos pássaros canoros de olhos claros e sagazes e movimentos graciosos: o viajante alegra-se ao enxergar a pequena criatura e tem vontade de chegar mais perto, mas não tem coragem de se mexer e mal consegue respirar – para que a criatura não se assuste e vá embora.

À medida que Mogens via Thora com maior frequência, menor era a frequência das lembranças, e assim ele pôde começar a vê-la tal como era. Foi uma época de alegria e felicidade na presença dela e de anseio silencioso e melancolia silenciosa na ausência dela. Mais tarde Mogens contou para Thora a história de Kamilla e de sua vida pregressa, e foi quase uma surpresa ver-se a si mesmo no passado; nesse momento pareceu-lhe quase inacreditável que fosse ele próprio quem havia pensado, sentido e feito todas as coisas estranhas sobre as quais discorria.

Houve um entardecer em que Mogens e Thora admiravam o pôr do sol em uma colina do jardim. Villiam e a irmã mais nova brincavam de pega-pega ao redor. Havia milhares de cores leves e luminosas, fortes e intensas; milhares. Mogens desviou o rosto e olhou para o vulto escuro a seu lado: como ela parecia simplória comparada a todo aquele esplendor rutilante! Depois ele suspirou e tornou a olhar para as nuvens coloridas.. A ideia não veio como um pensamento real, mas como uma impressão distante e fugaz, que se oferece por um segundo e então some; foi como se o próprio olhar houvesse pensado.

"Os trolls da colina verdejante estão contentes agora que o sol se pôs", disse Thora.

"Ah, é?"

"Claro! O senhor não sabe que os trolls adoram o escuro?"

Mogens sorriu.

"Ah. Vejo que o senhor não acredita em trolls, mas devia acreditar. É muito bom acreditar em anões que habitam as colinas e em fadas. Eu também acredito em sereias e em dríades, mas duendes? O que fazer com duendes e cavalos pernetas sem cabeça? A velha Maren fica brava quando eu falo assim; porque, segundo diz, não é certo aos olhos de Deus acreditar nessas coisas em que acredito, em coisas que não dizem respeito às pessoas; mas no Evangelho também há profecias e espíritos. O que o senhor acha?"

"Eu? Bem, não sei – o que a senhorita gostaria de saber?"

"O senhor não gosta da natureza?"

"Muito pelo contrário!"

"Ah, eu não me refiro à natureza como a vemos a partir de um banco, com encostas e escadas em que tudo está organizado de forma solene, mas à natureza do dia a dia, de sempre. O senhor gosta da natureza nesse sentido?"

"Sem dúvida! Cada folha, cada galho, cada raio de luz e cada sombra – tudo me alegra. Não existe encosta tão nua, pântano de turfa tão quadrado ou estrada rural tão aborrecida que não possa ao menos por um instante despertar minhas paixões."

"Mas que prazer o senhor tira de uma árvore ou arbusto quando não imagina que lá moram criaturas vivas, que abrem e fecham as flores e alisam as folhas? Ao ver um lago de águas profundas e límpidas, o senhor não gosta dele justamente por imaginar que no fundo, bem no fundo vivem criaturas que têm alegrias e tristezas, vidas estranhas com anseios estranhos? E o que pode haver de bonito por exemplo na colina de Bredbjerg se o senhor não imagina que lá dentro vivem inúmeras criaturas pequenas, muito pequenas, que suspiram quando o sol nasce mas põem-se a dançar e a brincar com tesouros ao lusco-fusco?"

"Que imagem bonita! É o que a senhorita vê?"

"O que vê o senhor?"

"Não sei explicar, mas está ligado às cores, ao movimento e à forma, e também à vida que existe nessas coisas todas, à seiva que corre no interior de árvores e flores, ao sol e à chuva que as levam a crescer, à areia que se acumula nas encostas e às chuvas repentinas que abrem sulcos e fendas nas falésias – Ah! Não acredito que dê para entender com a minha explicação."

"E isso é o bastante para o senhor?"

"Ah! Por vezes é demais – demais! Quando as formas, as cores e os movimentos revelam-se leves e graciosos, e por trás de tudo há um mundo repleto de mistério que vive, rejubila-se, suspira e anseia, e que além disso também sabe falar e cantar sobre todas essas coisas, sentimo-nos abandonados quando não podemos nos aproximar, e assim a vida perde o brilho e torna-se ponderosa."

"Não, não! O senhor não deve pensar assim a respeito da sua noiva."

"Ah, mas eu não penso assim a respeito da minha noiva."

Villiam e a irmã se aproximam e todos entram na casa.

Certa manhã dias mais tarde Mogens e Thora passeavam no jardim. Mogens queria ver o parreiral, onde nunca estivera; era uma estufa bastante extensa, porém não muito alta, onde o sol reluzia e brincava no teto de vidro. No interior o ar era morno e úmido, e tinha um cheiro marcante e telúrico, que remetia a terra revolvida. As folhas bonitas e recortadas e os cachos fartos e orvalhados cintilavam e reluziam sob os raios do sol, espalhavam-se sob o teto de vidro em uma intensa plenitude verde. Thora olhava alegre para cima, enquanto Mogens, preocupado, alternava-se entre olhar decepcionado para ela e para as folhas.

"Escute!", disse Thora com um jeito alegre. "Acho que comecei a entender aquilo que o senhor disse no alto da colina sobre formas e cores."

"A senhorita não quer dizer que entendeu melhor?", perguntou Mogens, falando devagar e em tom sério.

"Não", sussurrou Thora, que então olhou depressa para Mogens, baixou o rosto e corou. "Naquele momento eu não tinha entendido."

"Naquele momento!", repetiu Mogens em voz baixa, para a seguir ajoelhar-se diante dela: "E agora, Thora?".

Ela se inclinou em direção a ele, estendeu-lhe uma das mãos e pôs a outra no rosto enquanto chorava. Mogens apertou a mão estendida contra o peito, e enquanto se levantava Thora ergueu a cabeça e ele beijou-lhe a testa. Thora o encarou com os olhos úmidos e reluzentes, sorriu e em um sussurro disse: "Graças a Deus!".

Mogens demorou-se mais uma semana; foi combinado que o casamento ocorreria no alto verão. E então ele partiu, e com o inverno vieram dias escuros, noites longas e uma nevasca de cartas.

***

Luz em todas as janelas da casa senhorial, folhas e flores em todos os portões, amigos e conhecidos enfeitados e reunidos na grande escada de pedra, todos olhando para o crepúsculo – Mogens tinha partido com a noiva.

O carro rumorejava, as janelas fechadas tilintavam, Thora olhava para fora, para a beira da estrada rural, para o morro do ferreiro, onde havia prímulas na primavera, para o grande sabugueiro de Bertel Nielsen, para o moinho e para os gansos do moleiro, para o monte Dalum, onde ela e Villiam não muitos anos atrás tinham andado de trenó, para as pradarias de Dalum, para as sombras alongadas e estranhas dos cavalos que atravessavam as pilhas de cascalho, para os buracos na turfa, para as lavouras de centeio. Sentada, ela chorava em silêncio; e às vezes, quando desembaçava a janela, olhava discretamente para Mogens.

Ele tinha o corpo inclinado, com as roupas de viagem abertas, o chapéu a balançar-se no assento da frente e as mãos ante o rosto. Eram tantas as coisas em que pensava! Aquele tinha sido um dia estranho, e a despedida quase acabara com a sua coragem. Thora precisara despedir-se de toda a família e de todos os amigos, de uma infinitude de lugares onde as memórias empilhavam-se umas em cima das outras até o céu – tudo para viajar com Mogens. E Mogens era o homem certo a quem se entregar – ele, que tinha um passado de brutalidade e excessos. Nem ao menos era certo que essas coisas estivessem relegadas ao passado. Claro que ele havia mudado e sentido dificuldade para compreender o homem que tinha sido, mas ninguém pode fugir de si mesmo: tudo ainda estava lá, e naquele momento ele tinha aquela menina inocente para cuidar e proteger. Pelo amor de Deus! Mogens havia se atolado até o pescoço, e tudo indicava que havia de arrastá-la consigo. Não – não, ela – não, a ela seria dado viver uma vida iluminada de menina, apesar dele. E o carro rumorejava, a noite havia caído e de vez em quando, através das vidraças embaçadas, Mogens divisava luzes nas casas e propriedades pelo caminho. Thora fechou os olhos. Já pela manhã eles chegaram ao novo lar – uma casa senhorial que Mogens havia comprado. Os cavalos fumegavam no ar frio da manhã, os pardais piavam nas grandes tílias do jardim e a fumaça desprendia-se lentamente das chaminés. Thora olhou sorridente e satisfeita para tudo aquilo depois que Mogens a ajudou a descer do carro, mas não houve jeito; estava cansada e sonolenta demais para esconder. Mogens acompanhou-a até o quarto e então saiu ao jardim, sentou-se em um banco e imaginou ver o nascer do sol, mas logo cabeceou com demasiada força para manter a ilusão. Porém, quando chegou a hora do almoço, ele e Thora encontraram-se mais uma vez, alegres e descansados, para olhar ao redor e surpreender-se, para dar conselhos e tomar decisões, e também para fazer os planos mais estapafúrdios, que em uníssono eram declarados práticos; e durante todo o tempo Thora esforçou-se em parecer sensata e interessada ao ser apresentada para as vacas, e teve dificuldade para não sentir-se alegre – de maneira nada prática – ao conhecer o cachorrinho felpudo; quanto a Mogens, muito falou sobre drenagem e o preço dos grãos enquanto se perguntava como Thora ficaria com papoulas vermelhas nos cabelos.

E assim, ao entardecer, quando ambos estavam sentados na sala que dava para o jardim e o luar traçava os contornos das janelas no chão, que comédia não teve início quando Mogens sugeriu a sério que ela fosse descansar, realmente descansar, porque devia estar cansada, enquanto segurava a mão dela na sua, e Thora respondeu que ele estava sendo mau e tentando livrar-se dela, e que devia ter se arrependido de arranjar uma esposa, porém logo veio uma reconciliação, e os dois riram juntos, e as horas passaram. Por fim Thora recolheu-se ao quarto enquanto Mogens permaneceu na sala, infeliz com a partida dela, e assim criou fantasias macabras em que Thora estava morta e havia partido, nas quais ele, sozinho no mundo, chorava aquela perda, e assim pôs-se a chorar de verdade; e logo ficou bravo consigo mesmo e começou a andar de um lado ao outro para recompor-se. Havia um amor puro e nobre, livre de todas as paixões grosseiras e terrenas, sim, esse amor existia, e se não existia haveria então de existir, sim, pois a paixão destrói tudo, e é uma coisa muito feia, muito inumana – ele sentia ódio de tudo aquilo na natureza humana que não era puro e frágil, leve e belo! Tinha sido acuado, reprimido, atormentado por essa feiura e por essa força, que haviam existido em seus olhos e ouvidos e empesteado cada pensamento seu. Mogens foi ao quarto. Queria ler e pegou um livro; começou a ler, porém mal sabia o que – será que não teria acontecido nada com ela? Não; por que haveria de acontecer? Mesmo assim Mogens temeu que – não, seria insuportável; em silêncio, ele aproximou-se da porta de Thora; não, tudo estava em paz e em silêncio; ao apurar o ouvido ele teve a impressão de que ouvia a respiração dela – e, segundo imaginou, também as batidas do coração. Mogens voltou ao quarto e ao livro. Ele fechou os olhos: e assim pôde vê-la com absoluta clareza, ouvir-lhe a voz, e ela inclinou-se em direção a ele e sussurrou – ah, como Mogens a amava, amava, amava! Tudo cantava em seu âmago, era como se os pensamentos ganhassem ritmo, e assim lhe permitissem ver com absoluta clareza tudo aquilo em que pensava! Em silêncio, em silêncio ela dormia naquele instante, e com o braço por trás da nuca, os cabelos soltos, os cabelos soltos, os olhos fechados, ela respirava de leve – o ar vibrava lá dentro, vermelho como que tingido pelo reflexo de rosas – como um fauno desajeitado que imita a dança graciosa das ninfas, o cobertor reproduzia em grossas dobras a sutil forma de Thora – não, não! Ele não queria pensar nela, não queria pensar dessa forma a respeito dela, por nada no mundo, não, e então tudo voltou, não havia como manter aquilo longe, mas era longe, longe que devia estar! E assim foi que as coisas foram e voltaram, foram e voltaram até que o sono viesse e a noite passasse.

No dia seguinte, quando o sol já havia se posto, os dois passeavam juntos pelo jardim. De braços dados, andaram em silêncio por um caminho que subia e outro que descia, para então deixar para trás o aroma das resedas, atravessar a fragrância das rosas e adentrar o perfume dos jasmins; mariposas esvoaçavam ao redor e frisadas grasnavam em meio à lavoura; no mais, ouvia-se apenas o farfalhar do vestido de seda que Thora vestia.

"Quanto silêncio!", exclamou Thora.

"E quanto caminho!", prosseguiu Mogens. "Sem dúvida já andamos uns dez quilômetros."

Logo os dois caminharam por mais um tempo calados.

"No que você está pensando?", ela perguntou.

"Estou pensando em mim."

"Eu também."

"Você também está pensando em si?"

"Não – em você – em você, Mogens."

Ele puxou a mão dela para si. Os dois foram até a sala com vista para o jardim. A porta estava aberta; no interior havia uma intensa claridade, e a mesa de toalha branca como a neve, a bandeja de prata com morangos vermelho-escuros, a reluzente jarra de prata e os candelabros davam uma impressão festiva.

"É como na fábula em que João e Maria encontram uma casa de doces na floresta", disse Thora.

"Você quer entrar?"

"Você parece ter esquecido que lá dentro mora uma bruxa que planeja assar-nos e devorar-nos como às pobres crianças. Não; melhor seria resistir às janelas de açúcar e ao teto de bolo, darmo-nos as mãos e sair dessa floresta muito, muito escura."

Os dois se afastaram da sala. Thora aconchegou-se em Mogens e prosseguiu: "Esse também pode ser o palácio do Sultão, e você pode ser o árabe do deserto que pretende me raptar, e os guardas talvez estejam em nosso encalço, brandindo sabres curtos enquanto corremos sem parar, mas eles pegaram o seu cavalo, e depois nos levam e nos colocam em um saco enorme, e por fim nos afogamos no mar. – Deixe-me pensar, o que mais poderia ser...?"

"Por que não pode ser aquilo que é?"

"Ora, é claro que pode, mas parece tão pouco... se você soubesse o quanto eu amo você... Ai de mim! – Não sei o que é que – há uma distância enorme entre nós – não –"

Thora abraçou o pescoço de Mogens e o beijou com força, apertando o rosto quente contra o dele: "Não sei o que é, mas às vezes eu chego quase a desejar que você batesse em mim – sei que é pueril, e sei que sou feliz, muito feliz, mas ao mesmo tempo sou também muito infeliz."

Ela apoiou a cabeça no peito de Mogens e desatou a chorar, e assim, enquanto as lágrimas corriam, pôs-se a cantarolar, primeiro a meia-voz, porém logo com a voz cada vez mais alta:

I Længsel,
I Længsel jeg lever!

"Minha mulherzinha!", disse Mogens, pegando-a nos braços e levando-a para dentro.

Pela manhã ele estava ao lado da cama de Thora. Uma luz difusa e tranquila entrava pelas cortinas baixadas, e assim todas as linhas tornavam-se discretas, e todas as cores mostravam-se delicadas e pacatas. Mogens teve a impressão de que o ar, como o peito de Thora, avolumava-se e tornava a baixar em ondulações silenciosas. A cabeça dela apoiava-se enviesada sobre o travesseiro, os cabelos espalhavam-se pela fronte alva, uma das bochechas tinha um rubor mais intenso que a outra; e de vez em quando o domo tranquilo das pálpebras fremia, e as linhas da boca alternavam-se de forma quase imperceptível entre uma seriedade inconsciente e um sorriso adormecido. Mogens passou um tempo a observá-la, feliz e tranquilo; a última sombra do passado havia desaparecido. E assim se afastou lentamente, sentou-se na sala de estar e esperou em silêncio por ela. Ele já tinha passado um tempo sentado quando sentiu a cabeça dela no ombro, e também o rosto que se estreitava contra o seu.

Os dois saíram juntos no frescor da manhã. A luz do sol rejubilava-se na terra: o orvalho faiscava, flores recém-despertas brilhavam, as cotovias cantavam nas alturas do céu e as andorinhas cruzavam os ares. Mogens e Thora atravessaram o terreno verdejante até a encosta com o centeio dourado e seguiram o caminho que por lá avançava; ela andava à frente, devagar, olhando por cima do ombro em direção a ele, e os dois conversavam e riam. Quanto mais desciam a encosta, mais os grãos encobriam-nos; e logo já não se podia mais vê-los.

As impressões da natureza subjetiva

Lucas Lazzaretti

A literatura escandinava é pródiga em produzir autores singulares, influentes para além de suas condições periféricas. Ao mesmo tempo, contudo, parece haver um impasse na continuidade dessa influência e, por conseguinte, na presença desses autores em um cenário mundial. Assim como brilham intensamente em uma constelação exemplar, apagam-se sem nenhuma razão aparente e caem, para a surpresa de muitos, em um esquecimento crepuscular.

Jens Peter Jacobsen é um desses curiosos casos. Nascido em 7 de abril de 1847, na cidade de Thisted, na região noroeste da Dinamarca, Jacobsen cresceu em uma localidade provinciana da região da Jutlândia. Árvores coníferas, dunas resultantes da última era glacial e planícies costeiras compõem uma paisagem natural bastante peculiar, e um dos traços principais da literatura de Jacobsen parece ter se formado ali naquela primeira infância. Ao brincar em frente ao mar na encosta de Silstrup, o estudante desenvolve um profundo fascínio pelo mundo natural, que o leva a inspecionar, colecionar e catalogar plantas para escrever, com apenas catorze anos, um panfleto intitulado *As plantas mais estranhas de Silstrup*, dedicado aos seus colegas de classe.

Esse dado biográfico é relevante para uma compreensão de sua carreira literária, pois Jacobsen será considerado o introdutor do naturalismo na literatura dinamarquesa – e escandinava, de certa forma –, ao mesmo tempo em que é lembrado por ter atuado profissionalmente como naturalista e botânico. Os traços "naturalistas", no entanto, são específicos, e devem ser analisados com minúcia para que não compreendamos sua obra como aquilo que ela não é.

É fato que Jacobsen muda-se para Copenhague em 1863, com dezesseis anos, para iniciar seus estudos preparatórios para a universidade. Após alguns percalços formativos e educacionais – uma reprovação em seu colégio que o impediu momentaneamente de ingressar na Universidade de Copenhague –, o jovem conseguiu obter sua formação universitária como botânico. É igualmente um fato que Jacobsen traduziu as duas principais obras de Charles Darwin, *A origem das espécies* e *Descendência do Homem e Seleção em Relação ao Sexo*, um dado que corroboraria a ligação normalmente estabelecida entre sua literatura e a verve naturalista que despontava na Europa de então, sobretudo após o ensaio de Émile Zola, *O romance experimental*, publicado em 1880. Esses, contudo, são fatos que precisam encontrar melhor embasamento, pois aquele período no colégio preparatório parece dar uma outra impressão sobre o que viria a ser a literatura de Jacobsen. A partir de uma reconstrução documental, o biógrafo Morten Høi Jensen indica a pluralidade que formava o então estudante no que muitos críticos apontaram como sendo seus anos de crise:

> Se aqueles eram anos de crise, eram também anos de incansável descoberta intelectual: "Sou um homem que quer fazer coisas demais", Jacobsen escreveu em seu diário em 18 de dezembro de 1867. "Quero estudar botânica, estética, história da arte, mitologia e provavelmente muitas outras coisas." Mais tarde, contou a Vilhelm Møller que já havia lido a maior parte dos clássicos dinamarqueses antes de chegar em Copenhague em 1863 e que havia começado a devorar Goethe, Schiller e Wieland quando completou dezoito anos. Com vinte anos – em 1867, o desfecho da crise – leu Kierkegaard, Feuer-

bach e Heine. Depois deles foram Shakespeare, Byron e Tennyson em inglês, bem como as Eddas, as sagas islandesas, Saint-Beuve e Taine. A partir de seus cadernos e diários também sabemos que descobriu Edgar Allan Poe e Charles Algernon Swinburne por esse tempo.[1]

Trata-se de uma educação literária e sentimental, certamente, mas é preciso notar que essa educação se dá com base em elementos literariamente constituídos pela tradição romântica que tomara conta da Dinamarca no período antecedente a Jacobsen, uma tradição que ainda produzia fortes efeitos, fosse pela proximidade com a literatura alemã nos países escandinavos, fosse por sua marca indelével na cultura dinamarquesa.

Os "clássicos dinamarqueses" lidos por Jacobsen não estavam tão distantes do autor quanto pode parecer à primeira vista. Como ocorrera também com a literatura alemã, promovida em sua independência estética a partir de meados do século XVIII, a literatura dinamarquesa encontrava em Ludvig Holberg (1684-1754) seu primeiro autor "moderno". A época de ouro da li-

---

[1] JENSEN, Morten Høi. *A Difficult Death: The Life and Work of Jens Peter Jacobsen*. New Haven: Yale, 2017. p. 30.

teratura dinamarquesa, contudo, é considerada como aquela da primeira metade do século XIX, na qual figuraram o poeta Adam Oehlenschläger[2], o teólogo, pastor e poeta Nikolaj Grundtvig, o escritor de fábulas infantis e romances Hans Christian Andersen, o filósofo Søren Kierkegaard, o dramaturgo e poeta Ludvig Heiberg, entre tantos outros. Essa época de ouro confunde-se em grande parte com a época do romantismo, que fez reverberar seus efeitos sobre as gerações posteriores de forma inequívoca.

É importante recapitular brevemente esses dados históricos da literatura dinamarquesa para que se possa compreender que quando Jacobsen inicia sua carreira literária, no fim da década de 1860, primeiramente como poeta e depois como contista, novelista e romancista, a tendência estética que estivera em voga por muito tempo era ditada pelo romantismo. Não é surpreendente notar, então, que aquele movimento conhecido como "A ruptura moderna", que se iniciou na década de 1870 e teve em Jacobsen uma de suas figuras primeiras, chamaria para si uma responsabilidade e, por conseguinte, uma oposição ao romantismo. Con-

---

[2] A presença de Oehlenschläger pode ser constatada na obra de Jacobsen quando o personagem Mogens cita o poeta (pg. 15), ainda que o faça de modo negativo.

juntamente com Sophus Schandorph e Holger Drachmann, o botânico Jacobsen seria um dos autores que teria apresentado uma estética que partiria das influências naturalistas legadas por Darwin para alcançar um viés mais realista na literatura, opondo-se dessa maneira aos padrões do romantismo.

Formulada dessa maneira plana, a suposta "ruptura moderna" parece muito mais enfática do que realmente é, não revelando que é a força ideológica do crítico e teórico Georg Brandes que ditou essa interpretação sobre os fatos. Brandes apresenta um viés contundente em seu livro *Principais Correntes da Literatura do século XIX*, já em 1871, posteriormente destacando Jacobsen como uma figura fundamental dessa ruptura em seu livro de 1881, *Os homens da ruptura moderna*. A ideia de uma "ruptura moderna" deve muito às interpretações de Brandes, e a vinculação de Jacobsen ao "naturalismo" também parece derivar das tintas do crítico. Isso não significa, no entanto, que Jacobsen não seja propriamente um naturalista. Significa apenas que é preciso ter cuidado sobre como esse naturalismo se manifesta na breve carreira de um autor que parece escapar às definições convencionais.

Após alguns poemas, Jacobsen publica seu primeiro trabalho em prosa em 1872, *Mogens*, posteriormente republicado em 1882 como *Mogens e outras novelas*. As primeiras linhas já são o suficiente para se notar a ambientação que estabelece o tom da narrativa: Mogens e Kamilla estão cercados por uma natureza viva, biologicamente presente e nada idealizada. A cena é idílica, por certo, mas a natureza, descrita em sua abundância de formas, não é tomada como um signo de transcendência ou um ideal. Jacobsen descreve com minúcia os primeiros momentos da chuva e cita as plantas que ali se encontram, para então indicar que Mogens é pego por aquela chuva com prazer. Em um momento emblemático, Jacobsen indica como o pai de Kamilla, o magistrado, é um amante da natureza:

> O magistrado protegia a natureza, e a protegia contra tudo aquilo que era artificial; para ele, jardins não eram mais do que a natureza destruída, e jardins com estilo eram a natureza levada à insanidade; não havia estilo na natureza, porque a sabedoria de Deus havia feito da natureza uma coisa natural – nada além de natural. (pg. 11)

Longe das naturezas controladas, contidas, idealizadas – longe, portanto, dos jardins artificiais que domesticavam a natureza –, eis aqui o apelo ao natural selvagem. Esse elemento é fundamental na obra de Jacobsen e acaba sendo uma de suas características centrais: compor quadros e imagens poéticas com base em atmosferas naturais.

É a partir dessa criação de atmosferas que Jacobsen conduz a narrativa de *Mogens*, marcado por três tempos distintos. Em um primeiro momento, encontramos o personagem envolto por um verão que constitui a sua personalidade. O jovem ingênuo, simples e franco apaixona-se por Kamilla, uma moça linda e jovial como uma flor recém-desabrochada. A tragédia da morte de Kamilla marca o fim desse primeiro momento, tragédia essa que é prenunciada pelo inverno que encobre os personagens. No segundo momento, Mogens sofre com a perda de sua amada e deixa reverberar dentro de si a descrença em relação ao mundo e em relação ao amor. Errante e vacilante, o jovem estabelece relações ébrias e melancólicas. Por fim, quando uma nova primavera o envolve, um terceiro momento de sua vida floresce e Mogens vê renascer a possibilidade do amor.

O percurso narrativo da primeira novela de Jacobsen revela-se aos olhos do leitor como uma série de quadros pintados em cores distintas. Está presente um certo tipo de naturalismo ou de realismo, sem dúvida, mas é importante frisar que Jacobsen não utiliza as mesmas tintas para compor os quadros externos e os quadros internos, ou seja: muito embora os traços da atmosfera natural exterior e os elementos constitutivos da subjetividade dos personagens cheguem a estar muito próximos, quase se tocando, não há um apagamento completo da linha divisória e a relação entre esses dois âmbitos se dá por uma espécie de reverberação. Em outras palavras, Jacobsen não é adepto de um determinismo natural e nem sequer parece ser um autor preocupado em encontrar os núcleos essenciais de uma necessidade natural que supostamente regeria tanto os fluxos biológicos quanto os eflúvios existenciais.

Essa tensão entre a interioridade e a exterioridade se mantém também em seus escritos posteriores, com destaque para os romances *Sra. Marie Grubbe* (1876) e o aclamado *Niels Lyhne* (1880). Em seu primeiro romance, Jacobsen retrata as complexidades psicológicas e existenciais de uma mulher que entra constantemente em conflito com os padrões da sociedade em decorrência de seus desejos sexuais. A decadência social da personagem Marie Grubbe acaba por evidenciar as consequências desse conflito, ao mesmo tempo em que põe na centralidade um caráter feminino até então obnubilado pela literatura anterior, isto é, a sexualidade. Também trabalhando com elementos psicológicos e valendo-se da estrutura de um conflito entre indivíduo e sociedade, o segundo romance, *Niels Lyhne*, retrata a busca de um jovem pelo sentido existencial. No caso do personagem Niels Lyhne, o conflito surge de um embate religioso, uma vez que Lyhne é um ateu que sustenta sua convicção até o fim da vida. Nos dois romances, as atmosferas naturalistas acompanham não apenas a ambientação da narrativa, mas são constitutivas da própria estrutura da narração. Jacobsen esforça-se para aproximar e tornar cada vez mais tensa aquela linha fina e persistente que separa a determinação da natureza biológica e a inescrutabilidade da natureza subjetiva. No fim, foi precisamente esse esforço que tornou Jacobsen um autor tão influente entre o fim do século XIX e o início do século XX. Rainer Maria Rilke o elogiava efusivamente e julgava *Niels Lyhne* um romance exemplar, a ponto de tomar essa obra como base para a escrita de seu único romance, *Os cadernos de Malte Laurids Brigge*.

Vastamente lido no início do século XX, Jacobsen foi recepcionado e influenciou autores como Thomas Mann, D. H. Lawrence e Stefan Zweig. Muito presente na formação de novos autores escandinavos, o dinamarquês foi importante na formulação de ao menos duas linhas distintas: o realismo e o impressionismo. Se Henrik Ibsen parece trazer elementos retirados dos textos de Jacobsen em sua produção, também Strindberg, já em seu romance *O salão vermelho*, de 1879, demonstra ter aprofundado aquela tensão entre exterioridade e interioridade destacada pelo autor dinamarquês.

Jacobsen faleceu em 30 de abril de 1885, em sua cidade natal. No início da década de 1870 o autor contraíra tuberculose e sua morte foi decorrente da doença. Tal como Henrik Pontoppidan ou Sigrid Undset, escritores muito famosos e depois muito esquecidos, Jacobsen não foi suficientemente lido após os anos 1950. A importância da presente tradução é intensificada precisamente por isso, uma vez que a leitura dessa novela magnífica deve ser o suficiente para mostrar aos leitores a qualidade literária que embasbacou Rilke e Thomas Mann.

Cara leitora, caro leitor

A **ABOIO** é um grupo editorial colaborativo.

Começamos em 2020 publicando literatura de forma digital, gratuita e acessível.

Até o momento, já passaram pelos nossos pastos mais de 400 autoras e autores, dos mais variados estilos e nacionalidades.

Para a gente, o canto é conjunto. É o aboiar que nos une e que serve de urdidura para todo nosso projeto editorial.

São as leitoras e os leitores engajados em ler narrativas ousadas que nos mantêm em atividade.

Nossa comunidade não só faz surgir livros como o que você acabou de ler, como também possibilita nos empenharmos em divulgar histórias únicas.

Portanto, te convidamos a fazer parte do nosso balaio!

Todas as apoiadoras e apoiadores das pré-vendas da **ABOIO**:

> —— **têm o nome impresso nos agradecimentos de todas as cópias do livro;**
> —— **são convidadas a participarem do planejamento e da escolha das próximas publicações.**

Fale com a gente pelo portal **aboio.com.br,** ou pelas redes sociais (**@aboioeditora**), seja para se tornar uma voz ativa na comunidade **ABOIO** ou somente para acompanhar nosso trabalho de perto!

Vem aboiar com a gente. Afinal: **o canto é conjunto.**

Apoiadoras e apoiadores

Não fossem as **110 pessoas** que apoiaram nossa pré-venda e assinaram nosso portal durante os meses de junho e julho de 2023, este livro não teria sido o mesmo.

A elas, que acreditam no canto conjunto da **ABOIO**, estendemos os nossos agradecimentos.

Adriane Figueira
André Balbo
Andreas Chamorro
Anna Kuzminska
Anthony Almeida
Arthur Lungov
Augusto Bello Zorzi
Caco Ishak
Caio Girão
Caio Narezzi
Calebe Guerra
Camila do Nascimento Leite
Camilo Gomide
Carlos Gustavo Galvão
Carolina Althoff
Carolina Nogueira
Cecília Garcia
Cintia Brasileiro
Cleber da Silva Luz
Cristina Machado

Daniel Dago
Daniel Giotti
Daniel Guinezi
Daniel Keichi Maruyama Leite
Daniel Leite
Danilo Brandao
Denise Lucena Cavalcante
Dheyne de Souza
Diana Valéria Lucena Garcia
Diogo Cronemberger
Eduardo Nasi
Eduardo Rosal
Eric Muccio
Fábio Baltar
Felipe Pessoa Ferro
Fernando da Silveira Couto
Francesca Cricelli

Francisco
 Bernardes Braga
Frederico da Cruz
 Vieira de Souza
Gabriel Farias Lima
Gabriela
 Machado Scafuri
Gael Rodrigues
Giovani Miguez da Silva
Giovanna Reis
Giselle Bohn
Giulia Morais de Oliveira
Guilherme Braga
Guilherme da
 Silva Braga
Guilherme
 Talerman Pereira
Gustavo Bechtold
Gustavo Gindre
 Monteiro Soares
Henrique De Villa Alves
Henrique Emanuel
Jailton Moreira
João Godoy
João Luis Nogueira Filho
Juliana Slatiner
Juliane Carolina
 Livramento
Jung Youn Lee

Karina Aimi Okamoto
Laura Redfern Navarro
Leonardo Pinto Silva
Lolita Beretta
Lorenzo Cavalcante
Lucas Lazzaretti
Lucas Perito
Lucas Prado
Lucas Verzola
Luciano
 Cavalcante Filho
Luciano Dutra
Luis Felipe Abreu
Luísa Machado
Luiz Fernando Cardoso
Manoela
 Machado Scafuri
Marcela Monteiro
Marcela Roldão
Marco Bardelli
Marcos R
 Piaceski da Cruz
Marcos Vinícius Almeida
Maria Cristina
 Ribeiro de Godoy
Maria Inez Frota
 Porto Queiroz
Mariana Donner
Marina Lourenço

Marlene B. P. P. da Silva
Marylin Lima Guimarães Firmino
Mateus Torres Penedo Naves
Maurício Bulcão Fernandes Filho
Mauro Paz
Milena Martins Moura
Natalia Zuccala
Natan Schäfer
Otto Leopoldo Winck
Paulo Scott
Pedro Jansen
Pedro Torreão
Pietro Augusto Gubel Portugal
Roberta Lavinas
Ruan Matos
Sergio Mello
Sérgio Porto
Tarciso Nascimento Barros Filho
Thassio Gonçalves Ferreira
Thiago Henrique Guedes
Tiago Bonamigo
Valdir Marte
Weslley Silva Ferreira

Yuri Deliberalli
Yuri Phillipe Freitas da Cunha
Yvonne Miller

Coleção
Norte-Sul

1 *Noveletas*, Sigbjørn Obstfelder
2 *Mogens*, Jens Peter Jacobsen
3 *Historietas*, Hjalmar Söderberg
4 *Contos de Natal e de Neve*, Zacharias Topelius

Organização & Tradução
Guilherme da Silva Braga

ABOIO

EDIÇÃO
Camilo Gomide
Leopoldo Cavalcante

ASSISTÊNCIA EDITORIAL
Luísa Machado

PREPARAÇÃO
Mariana Donner

REVISÃO
Marcela Roldão

CAPA
Luísa Machado

PROJETO GRÁFICO
Leopoldo Cavalcante

2023 © da edição Aboio. Todos os direitos reservados

© da tradução Guilherme da Silva Braga. Todos os direitos reservados

Grafia atualizada segundo o Acordo Ortográfico da Língua Portuguesa de 1990, que entrou em vigor no Brasil em 2009.

Os personagens e as situações desta obra são reais apenas no universo da ficção: não se referem a pessoas e fatos concretos, e não emitem opinião sobre eles.

Dados Internacionais de Catalogação na Publicação (CIP)
Aline Graziele Benitez — Bibliotecária — CRB-1/3129

Jacobsen, Jens Peter, 1847-1885
  Mogens / Jens Peter Jacobsen ; tradução Guilherme da Silva Braga]. -- 1. ed. -- São Paulo : Aboio, 2023. -- (Coleção Norte-Sul)

  Título original: Mogens
  ISBN 978-65-998350-9-4

  1. Ficção Dinamarquesa I. Título II. Série

23-159444   CDD-839.81

Índices para catálogo sistemático:
1. Ficção : Literatura dinamarquesa

Todos os direitos desta edição reservados à:
ABOIO
São Paulo — SP
(11) 91580-3133
www.aboio.com.br
instagram.com/aboioeditora/
facebook.com/aboioeditora/

Esta obra foi composta em Vollkorn e Adobe Text Pro.
O miolo está no papel Polén Natural 80g/m².
A tiragem desta edição foi de 500 exemplares.

[Primeira edição, agosto de 2023]